## Tove Jansson

ムーミンを生んだ芸術家
### トーヴェ・ヤンソン

冨原眞弓

芸術新潮編集部 編

新潮社

世界中の人々に愛される"ムーミン"の作者。

そして絵画、風刺画、マンガ、絵本、おとな向けの小説まで、

さまざまなジャンルのすべてに才能を発揮した芸術家、

トーヴェ・ヤンソン。

本書ではその彩りに満ちた創作の世界と

独自のスタイルを貫いた人生にせまります。

# ようこそ、
# トーヴェ・ヤンソンの世界へ！

## もくじ

### Hemligheter av muminberättelserna
## ムーミン物語のひみつ　4
白と黒のユートピア　原寸原画で読むムーミン物語　6
ムーミン谷ってどんなところ？　32
ムーミン物語　はじまりと終りの秘密　38

### Mångfasetterad Tove
## さまざまなトーヴェ　60
生い立ちについて教えてください　62
商業デビューは「挿絵画家」？　70
本職は「画家」だと思っていた？　78
絵本作家の腕前は？　84
ムーミンがマンガに!?　90
おとな向けの小説を書きはじめたのはなぜですか？　96

### Följa med Tove
## トーヴェの足跡をたどって
フィンランドの島々とヘルシンキ　102
アトリエ　海の見える部屋　54
クルーヴ島　海のうえの小さなユートピア　104
ペッリンゲの島々　ものがたりが生まれた場所　110
ヘルシンキ　生涯を過ごした街　112

### Tove och jag
## トーヴェ・ヤンソンと私
カメラ嫌いの姉　ペル・ウロフ・ヤンソン　68
雷、のち晴れ　冨原眞弓　100

年譜　彫刻家の娘の生涯　116
著作リスト　ムーミンとトーヴェ・ヤンソンの本　118

付録　ムーミン物語　キャラクター大集合！

扉：トーヴェ・ヤンソン自画像。彼女が生み出したおなじみのキャラクターたちといっしょに。左から半身をのぞかせている帽子男は謎です。Courtesy of Moomin Characte
p.2：トーヴェ・ヤンソン　Tove Jansson　1914～2001　Photo: Per Olov Jansson / Courtesy of Moomin Characters

## uminberättelserna
## ムーミン物語のひみつ

ら1970年まで、四半世紀にわたって書きつがれ、トーヴェ・ヤンソ
どのように生まれ、終わりをむかえたのか、その全貌にせまります。

5

ムーミン・コミックスの表紙のために描かれた、カラー版ムーミン・キャラクターたち。カラーで描かれてもムーミントロール族の肌の色は、白だ。
部分　イメージサイズ＝
21.9×26.5cm
Tampere Art Museum
Moominvalley

トーヴェ・ヤンソンといえば、ムーミン物語。1945年か
ンというひとりの芸術家の最良の部分をしるした全9作に

▶7〜31ページのグラフは、ムーミン物語全9作のうち、第1作『小さなトロールと大きな洪水』をのぞく8作品から選んだ挿絵の原画で構成しています。テキストに付随する挿絵としてではなく、1枚の絵としての自立した魅力をお楽しみください。
▶見出しに掲げた各作品のタイトルは、冨原眞弓氏がスウェーデン語の原題からあらたに訳出したもので、日本語でひろく流通している既訳タイトルとは大きく異なります。
▶各作品のテキストの引用も、すべて冨原眞弓氏による、あたらしい翻訳です。7〜31ページのグラフ部分以外のムーミン物語からの引用も、冨原氏による新訳となります。
▶作品の配列は、それぞれの最初の版が刊行された順です。ただし第2作『彗星がやってくる』(『ムーミン谷の彗星』)から第5作『なんでもありの夏まつり』(『ムーミン谷の夏まつり』)までは、最初の版の刊行後、1968年にトーヴェ・ヤンソン自身が手を入れた改訂版が刊行されており、このグラフに掲載した挿絵および引用文も、その改訂版によるものです。
▶ムーミン物語全9作に登場するキャラクターたちについては、巻末の付録「ムーミン物語　キャラクター大集合！」をご覧ください。

# Mumin med originalteckningar

## 白と黒のユートピア

### 原寸原画で読むムーミン物語

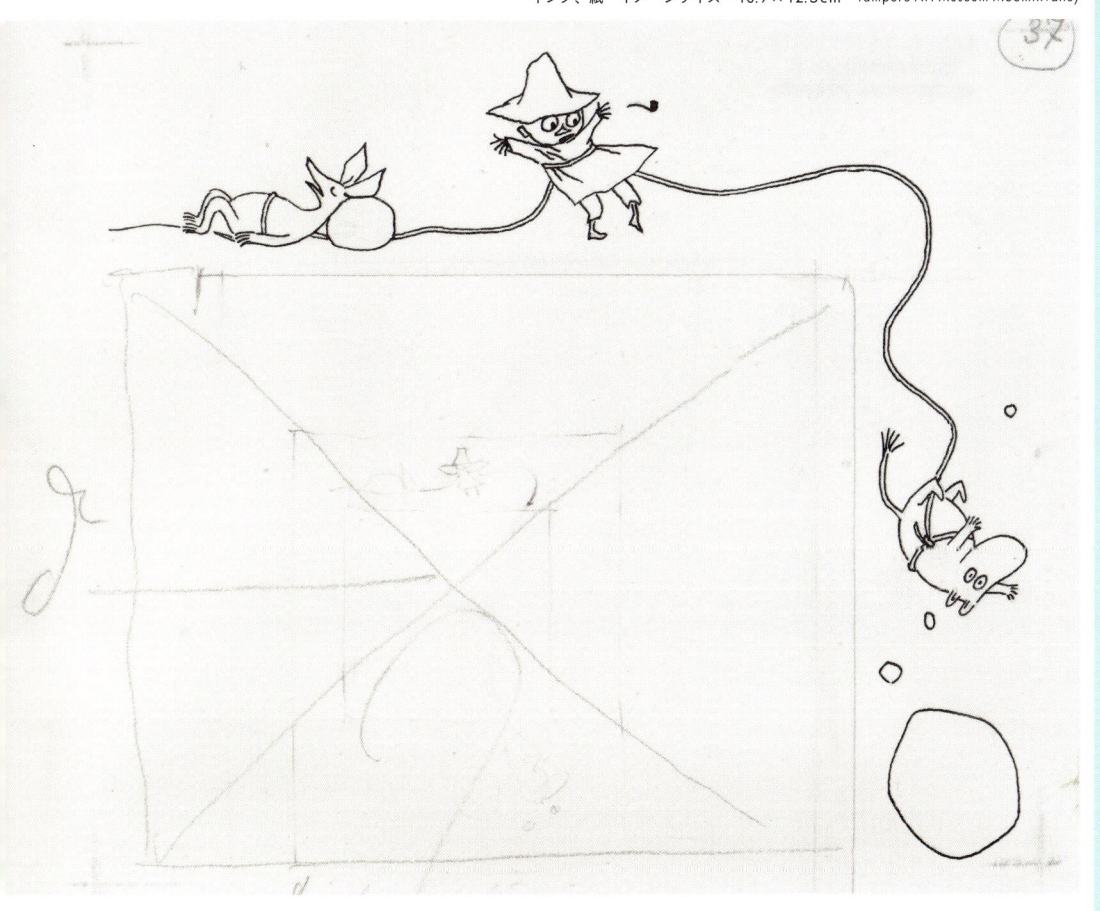

インク、紙　イメージサイズ＝10.9×12.5cm　　Tampere Art Museum Moominvalley

「気をつけろ！」と、スナフキンが叫びました。でも、まにあいませんでした。岩はごろごろと転がりはじめ、あわれなムーミントロールもいっしょに転がりおちていきました。

もしも、おなかに命綱をまきつけていなかったら、この世からムーミントロールがひとり減っていたでしょう。

# KOMETEN KOMMER
## 『彗星がやってくる』
既訳タイトル『ムーミン谷の彗星』　1968年 改訂版（初版は1946年）

その名も「おさびし山」には、こんなふうに危険がいっぱい。ムーミン物語の土台が第2作にして早々と姿を見せるという事態は間一髪まぬがれたけれど、最大の危機はムーミン谷にせまりつつある彗星で……

インク、紙　イメージサイズ＝18.2×12.4cm　Tampere Art Museum Moominvalley

「火をふく山だって！」と、スニフが叫びました。
「それできみはどうしたの？」
「ただ、みてたのさ」と、スナフキンはいいました。
「ものすごくきれいでね。大地から火の精たちがどっと吐きだされて、火花みたいにくるくる舞いおどるのがみえたんだ」

スナフキンと出会ったのは、天文台をめざす途中だった。さまざまな土地を旅してきた彼の冒険譚に、ムーミントロールとスニフはわくわくしながら耳をかたむける。

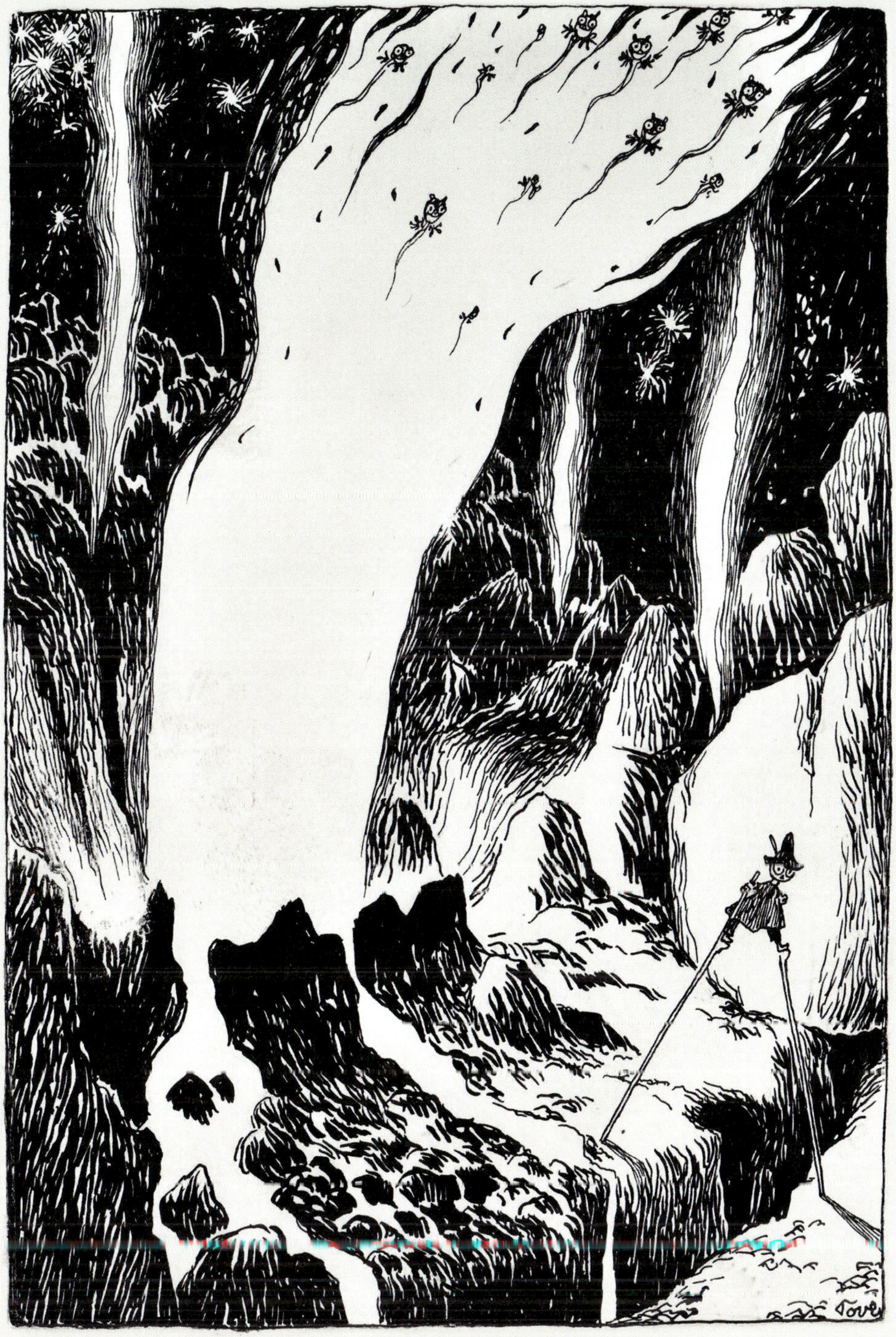
Tove

インク、紙　イメージサイズ＝18.2×12.2cm　Tampere Art Museum Moominvalley

ようやくたどり着いた天文台で知らされたのは、いまから4日後、8月7日午後8時42分に彗星が地球に衝突するという衝撃の事実。早くこのことを知らせなくちゃ！3人はムーミン谷への帰路を急ぐ。

「どうだ、うつくしい彗星だと思わないかね？」
と、教授がたずねました。
「宇宙って、黒いんだ。ほんとにまっ黒なんだ」
と、スニフはつぶやきました。

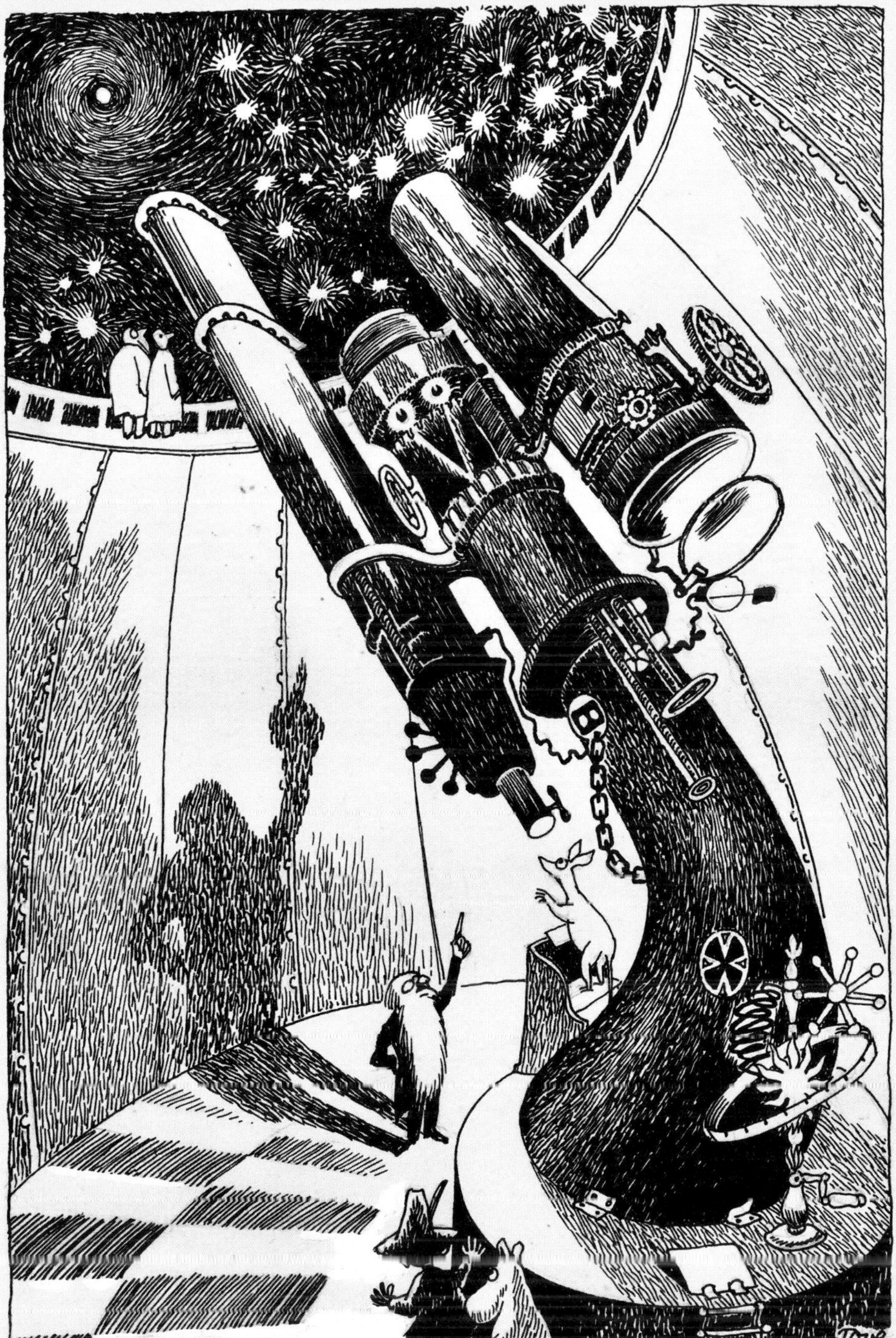
Tove

インク、紙　イメージサイズ＝4.9×9.6cm　Tampere Art Museum Moominvalley

すると、帽子のふちから、世界でいちばん小さな針ねずみが、ひょいと顔をだしました。鼻で風むきをたしかめ、眼をぱちくりさせました。毛並みはくしゃくしゃに逆立ち、ずぶぬれでした。

ライオンみたいに獰猛なすがたのありしこくが、おやおやこんな情けない姿に―魔法つかいが落とした不思議な帽子をスニフが見つけたことから、ムーミン谷はちょっとした騒動にみまわれる。

# TROLLKARLENS HATT
### トロールカルル
## 『魔法つかいの帽子』

既訳タイトル『たのしいムーミン一家』　1968年 改訂版（初版は1948年）

インク、紙　イメージサイズ＝7.1×10.5cm　Tampere Art Museum Moominvalley

とうていヘムルとは思えない力をふりしぼり、マメルクのしっぽをひきずって、火のなかに投げこみました。焼き魚はヘムルのいちばんの好物だったのです。

釣り針はナイフ、釣り糸はもやい綱、餌はパンケーキ。スノークの指揮のもと、海へ漕ぎだした冒険号は巨大な魚マメルクをみごと釣りあげた。ところがみんなで苦労してムーミン谷へもちかえったマメルクを、このヘムルときたらひとりで勝手に食べはじめてしまうのだ。

ムーミンハハが執筆した回想録では、たくさんの意外な事実があかされる 捨て子だったパパは、杓子定規なヘムルのおばさんが経営する孤児院をとびだすのだが、その後、皮肉なことに彼女をモッラの手から救いたすはめに ニブリンクたちを怒らせたヘムルのおばさんが、彼らに連れ去られてしまうこの場面、ふたたびムーミンハハが彼女を助けることはなかった

インク、紙　イメージサイズ＝5.8×10.8cm　Tampere Art Museum Moominvalley

「やつらを脅かしちゃだめだ、怒るから」と、フレドリクソンがいいました。
「怒ってるのは、あたしのほうだよ！」と、ヘムルのおばさんはいい返し、「しっしっ！あっちへお行き！」とどなりながら、いちばん近くにいたニブリングの頭を、傘でこつんと叩きました。

# MUMINPAPPANS MEMOARER
## 『ムーミンパパの回想録』
既訳タイトル『ムーミンパパの思い出』　1968年 改訂版（初版は1950年）

インク、紙　イメージサイズ＝10.2×11.6cm　Tampere Art Museum Moominvalley

"ああ、それはヘムルのおばさんを助けたときとは、まったくようすがちがいました。ほかならぬこのわたしが助けたのは、ひとりのムーミントロール、わたしとおなじような、ただしもっとうつくしい、女性のムーミントロールだったのですから。"

ムーミンパパの回想録の絵。嵐に翻弄されたのは、そう、ハーミンママとの劇的な出会いだった。波にさらわれてママも、英雄的行為によってパパはみごと救出したのである。ちなみにこのときママは、すでにハンドバックをさげている

インク、紙　イメージサイズ＝15.1×10.3cm　Tampere Art Museum Moominvalley

「ここには、わからないことが、いっぱいあるわ」と、ムーミンママはひとりごとをいいました。「でも、なんでもかんでも自分が慣れているふうでなきゃいけない、ということもないわね」

6月のある日、ムーミン谷を突然の大洪水が襲い、ムーミン屋敷もすっかり水びたしに。そこへ流されてきた奇妙な家に一家で移り住むのだが、ママもふかるようになんたか奇妙なつくりのこの家の正体は、なんと「劇場」だった

## FARLIG MIDSOMMAR
### 『なんでもありの夏まつり』
既訳タイトル『ムーミン谷の夏まつり』　1968年 改訂版（初版は1954年）

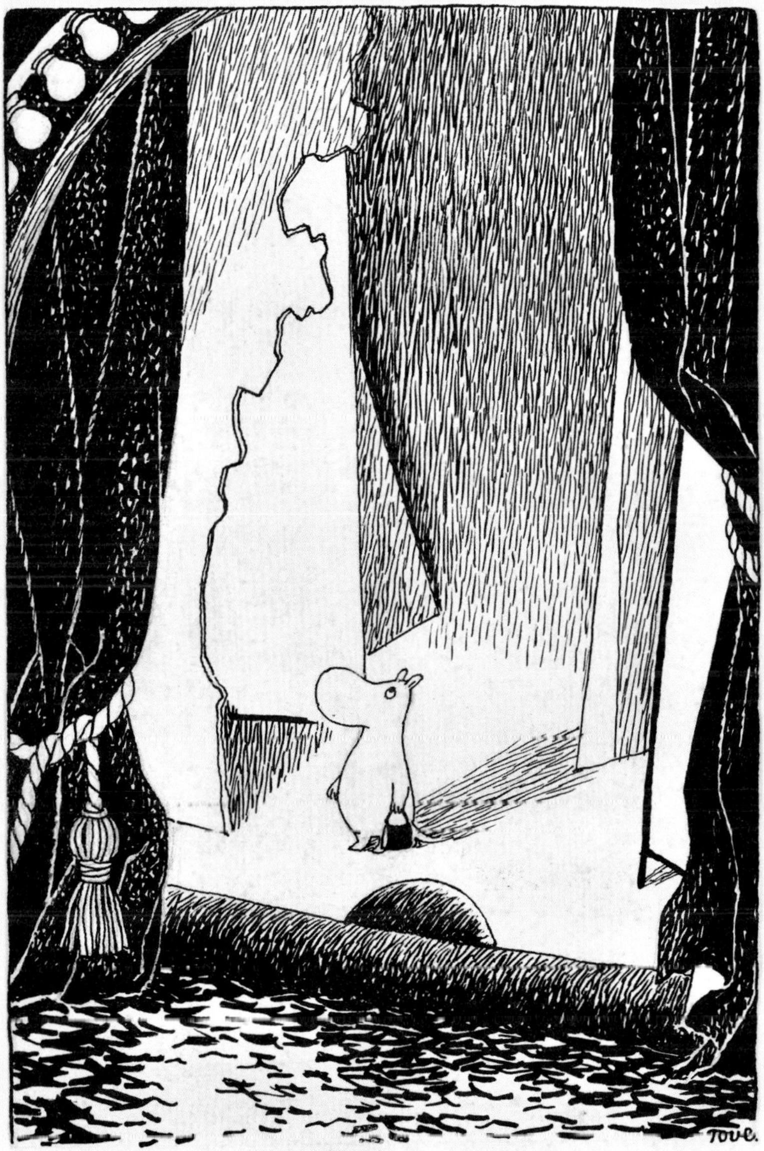
TOVE.

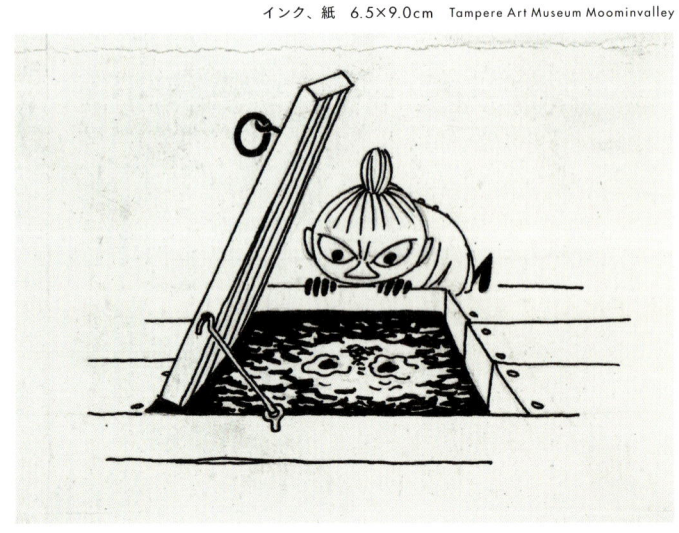

インク、紙　6.5×9.0cm　Tampere Art Museum Moominvalley

ちびのミイだけが腹ばいになって、水のなかをのぞきこみながら、いいました。
「敵を投げこむ穴にきまってるじゃない。大きいのも小さいのもひっくるめて、悪者どもを投げこむための、すてきなひみつの穴よ！」

劇場の家は再び流されてしまい、木の上で寝ていたムーミンとスノークの女の子が一家と離れ離れに。ちびのミイもこのあと劇場の「ひみつの穴」から転がり落ちてしまうのだが、最後は全員集合して、夏まつりの夜、生まれてはじめて芝居というものを上演することになる。

19　　　　　　　　　　　　インク、紙　イメージサイズ＝9.4×11.7cm　Tampere Art Museum Moominvalley

しだいにムーミントロールは腹がたってきました。立ちあがり、嵐にむかって叫ぼうとしました。吹きつける雪につかみかかり、ちょっとばかり泣き言をいってやりました。どうせ、だれにも聞こえやしないのですから。

11月から4月まではムーミントロール族にとって冬眠の季節。おなかにたっぷりと樅（もみ）の葉をたくわえてやりすごすが、たまたまめざめてしまったムーミントロールは、「冬」という未知の季節と正面から向き合うことに。空からふってくる雪さえも、彼には大きな驚きだった。

# TROLLVINTER
『トロールのふしぎな冬』
既訳タイトル『ムーミン谷の冬』1957年

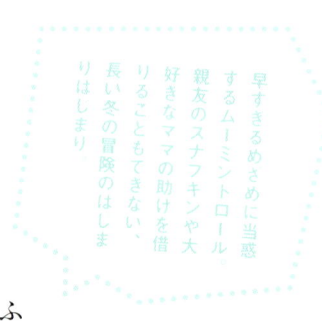

インク、紙　19.0×13.3cm　Tampere Art Museum Moominvalley

早すぎるめざめに当惑するムーミントロール。親友のスナフキンや大好きなママの助けを借りることもできない、長い冬の冒険のはじまりはじまり

ふいにムーミントロールはこわくなり、月の光のとどかない、あたたかい闇のなかで足をとめました。どうしようもなくとり残された気分になったのです。

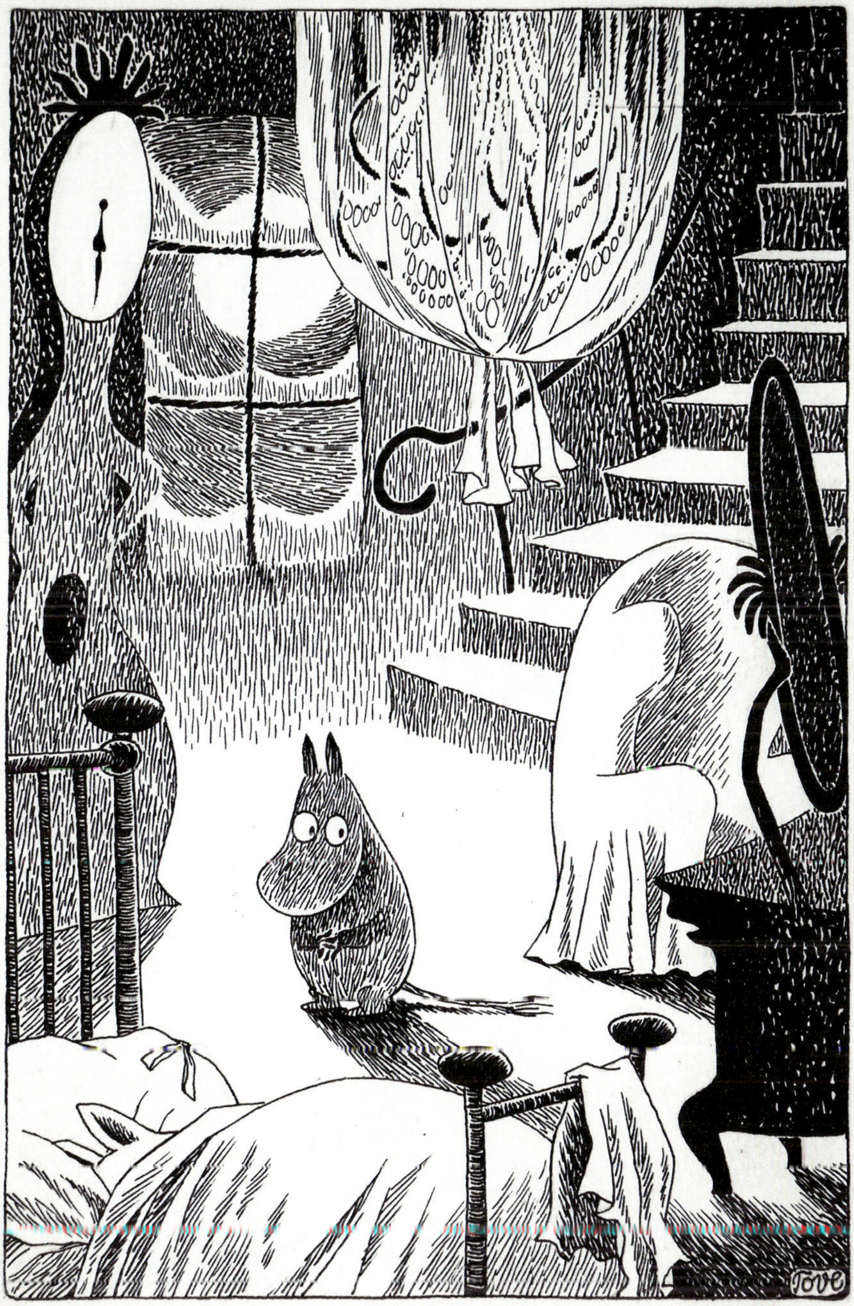
Tove

インク、紙　イメージサイズ＝16.8×11.4cm　Tampere Art Museum Moominvalley

岩山のうえでは、おごそかに跳ねまわる小さな影や大きな影が、燃えさかる火をかこんで動いていましたが、やがて、それぞれのしっぽでドラムをたたきはじめました。

冬の夜の闇のなかでこそ活気づく、未知なる生きものたち。はじめて知る存在に、凍りついた山をのぼってムーミントロールはおそるおそる近づいてゆく。

Kuva 1

「春のうた」
帽子の下のどこかで、あのしらべが動きはじめました。

「世の終わりの予感におののくフィリフォンカ」
そのとき、フィリフォンカはみたのです、あの竜巻を。

「この世でさいごのドラゴン」
ドラゴンは閃光みたいにさっと飛びだすと、まっすぐ窓のところにいき、指を窓ガラスにくっつけて、スナフキンのうしろ姿をじっとみおくりました。

「こわい話」
あの弟ときたら、いつだったか、風船さえ食べようとしたんだもの。

# DET OSYNLIGA BARNET OCH ANDRA BERÄTTELSER
『姿のみえない子とその他の物語』

既訳タイトル『ムーミン谷の仲間たち』 1962年

すべて、インク、紙　Tampere Art Museum Moominvalley
「姿のみえない子」の挿絵のみ書籍からの複写です。

「姿のみえない子」

鈴のうえの首のあたりはからっぽで、奇妙なほど心もとなげにみえました。

「静かなのがすきなヘムル」

ヘムルたちはあんまり大笑いをしたので、そこに坐りこまなければならないほどでした。

「ニョロニョロのひみつ」

そのときパパは、逆らいがたいあこがれとメランコリーにとらえられたのです。

「セドリック」

さて、スニフはセドリックを手ばなすやいなや、ものすごく後悔し、身も世もないありさまでした。

「もみの木」

なにしろクリスマスとやらがやってくるというので、みんな気が気でないのです。

インク、紙　21.8×15.2cm　Tampere Art Museum Moominvalley

「ピクニックだと？」と、パパは叫びました。
「いったいなんで……」
「いやな予感がするのよ」
「いますぐピクニックにでかけないと、わたしたちみんなに、まずいことがおこるような気がするの」
そこでピクニックにいくことになりました。

谷から島へと、物語は舞台を移す。ムーミンパパの発案ではじまった、灯台のある島での、パパとママとムーミントロール、そして養女となったちびのミイの4人によるあたらしい生活は、しかし彼らのあいだに少しずつ亀裂を生んでゆく。そんなある日、珍しくママが、悪天候のなか、ピクニックに出かけることを強硬に主張して……

# PAPPAN OCH HAVET
## 『パパと海』
**既訳タイトル『ムーミンパパ海へいく』** 1965年

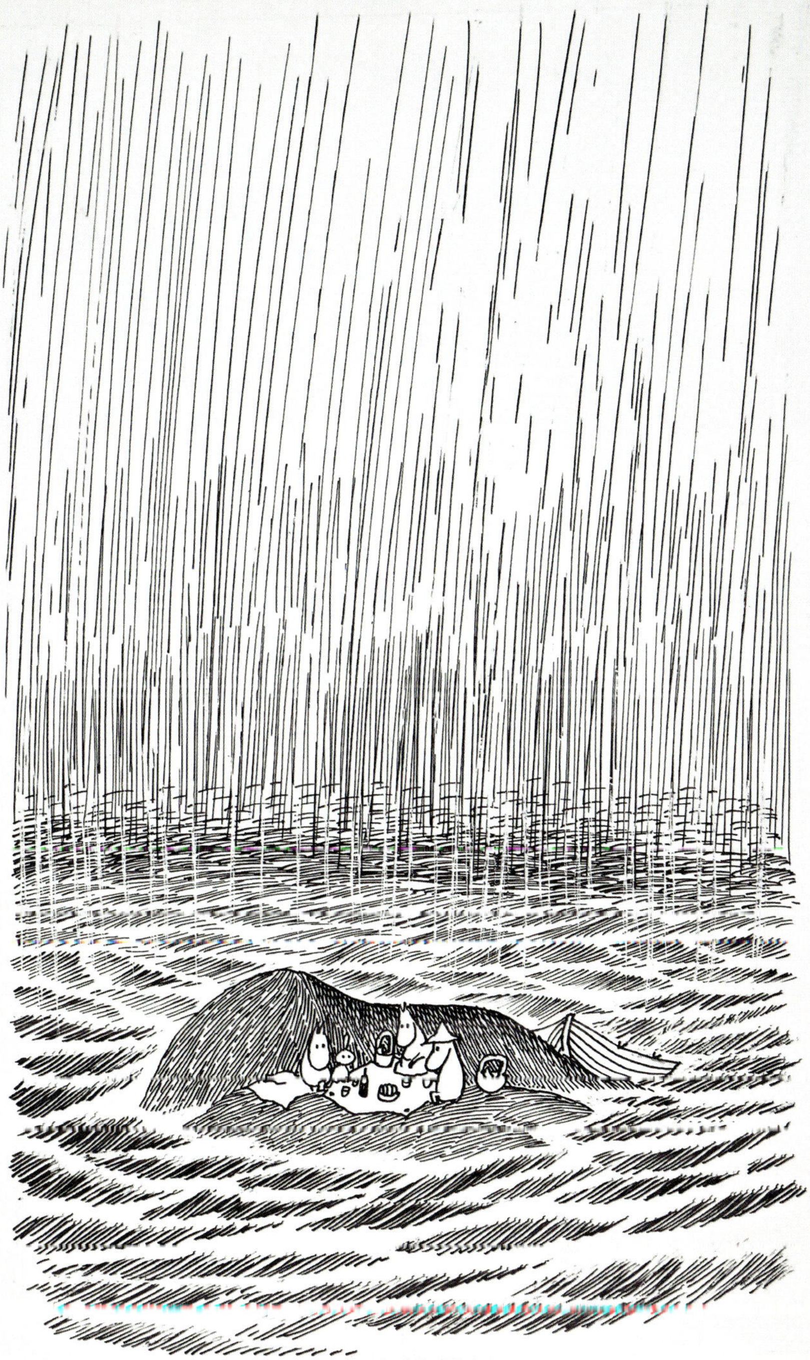

インク、紙　イメージサイズ＝11.9×10.9cm　Tampere Art Museum Moominvalley

それからママは、灯台の壁につぎつぎと花を描きはじめました。大きくて、力づよい花でした。ふとい筆で描いたからです。ペンキが石灰に深くしみこみ、すきとおるようにあざやかです。そう、信じられないほど、うつくしい仕上がりでした。絵を描くのは、のこぎりで薪をひくより、百倍はたのしかったのです。

島での生活のストレスから、いつのまにかホームシックにかかってしまったムーミンママ　なつかしいムーミン谷を思い出しながら、彼女は灯台のなかに絵を描きはじめる

インク、紙　イメージサイズ＝9.7×9.1cm　Tampere Art Museum Moominvalley

フィリフヨンカの家は、まったくとりつく島もないほど、からっぽな印象をあたえました。でも、彼女はなかにちゃんといたのです。だれも通らないぞと高くそびえる壁のむこう、いちばん奥にひっそりと身をかくして。

季節は秋をむかえ、スナフキンもテントをたたみ、ムーミン谷をあとにする。その途中、とおりかかったフィリフヨンカの家では、フィリフヨンカがはやくも冬にそなえて閉じこもるための用意をやとすませている

## SENT I NOVEMBER
## 『十一月も終わるころ』
既訳タイトル『ムーミン谷の十一月』 1970年

インク、紙　イメージサイズ＝10.0×8.9cm　Tampere Art Museum Moominvalley

夕暮れがせまるころ、スナフキンは、ながくつづく入江にたどりつきました。岩山の投げかける影のなかによこたわる入江の、いちばん奥には、はやくも灯がいくつかともっています。いくつかの家が、ぴたりと身をよせあって、たたずんでいました。

ミムラの娘、自分のことが嫌いなヘムル、そんな人たちが住む家々。入江につながれているヘムルのヨットのなかにはタールの匂いの好きなホムサのトフトが。この後、ある忘れものをとりにムーミン谷へもどることになるスナフキンをはじめ、彼らはやがて、なにかの力に導かれたように、その場所で出会うことになる

インク、紙　イメージサイズ＝8.3×10.1cm　Tampere Art Museum Moominvalley

さあ、白い背景のなかを、ひとつの影が、ゆっくりとすべっていきます。黒いシルエット、それはボートでした。舳先(へさき)には、とっても小さいなにかが坐っています。頭は玉ねぎみたいなかたちです。
あれはミイね、とミムラの娘は思いました。

本来のはんたちが不在のムーミン屋敷でひらかれた、訪問者たちによるささやかな女ハーティ、そこでフィリフヨンカは、ムーミン一家が海のむこうから船に乗って帰ってくるという影絵を上映する

# Kännetecken av mumindalen
## ムーミン谷ってどんなところ？

歴代のムーミントロール族が暮らしてきたかのような名前の土地ですが、シリーズ第1作『小さなトロールと大きな洪水』（1945年）において、ムーミンパパ手づくりの〈とてもすてきな青いペンキぬりの家〉が洪水で流されてきたという偶然で、「ムーミン谷」はムーミン一家の故郷となったのでした。

ムーミン谷には、地図があります［左頁］。トーヴェ・ヤンソンが描き、『たのしいムーミン一家』（1948年初版）の巻頭におさめられたもの。ムーミン屋敷の建つ草地を中心に、川あり、洞窟あり、剣呑な山なみもあれば、海ゆく。それは物語それ自体が地図という説明的なアイテムだって。さらには彗星衝突の危機にさらされたり、大洪水で谷ごと水没してしまうことを要請した、なんていう堅苦しい話ではなくて、たとえば彼女の愛読書であり、のちにスウェーデン語版の挿絵も手がけたJ・R・R・トールキンの『ホビットの冒険』のように、すぐれた物語には作者自身の手になる魅力的な地図が添えられていることのならわしにのっとったのかもしれませんね。

全9作からなるムーミン物語を、作者のヤンソンがどの段階でひとつのシリーズとして構想しはじめたのか、そのあたりはこのあとのQ&Aで冨原眞弓さんにうかがうことにして、物語をかたるうえでの地図というものの必要性を、ヤンソンは感じていたようです。シリーズが進むにつれ綴じ込み［33〜37頁］に掲げ……［編集部］

スニフが発見した洞窟。『ムーミン谷の彗星』のラスト、みんなはここに避難して彗星を逃れた。
Tampere Art Museum Moominvalley

ムーミンパパがつくった橋。この下にじゃこうねずみが住んでいたらしい。『たのしいムーミン一家』より。
Tampere Art Museum Moominvalley

第6作『ムーミン谷の冬』の舞台となる地図。
当然、すべては雪に埋もれています。
インク、紙　22.3×15.6cm
Tampere Art Museum Moominvalley

第5作『ムーミン谷の夏まつり』では、ムーミン谷は洪水で水浸しに。
この地図だと、左下の方角にムーミン谷はあるらしい。
インク、紙　16.9×11.8cm
Tampere Art Museum Moominvalley

第0作『ムーミンパパ海へいく』では、ムーミン谷ではなく、
フィンランド湾に浮かぶ、灯台のある島が物語の舞台に。
Courtesy of Moomin Characters

トーベ・ヤンソンがつくりあげたユートピア、それがムーミン谷。
右下にはムーミン屋敷の1階・2階の間取りも。
ムーミン物語第3作『たのしいムーミン一家』より。
Tampere Art Museum Moominvalley

第9作『ムーミン谷の十一月』が、シリーズ最終作。
ムーミン一家不在のムーミン谷で物語は展開する。
Tampere Art Museum Moominvalley

『小さなトロールと大きな洪水』
ムーミン物語の第1作。1945年に刊行されたオリジナル版。残念ながら売れ行き不振ですぐに絶版に。ヤンソンは再刊するなら改訂が必要と考えていたが、最終的にその作業を断念、1991年にオリジナルのまま復刻された。
Tampere Art Museum Moominvalley

# Att skapa en värld
## ムーミン物語　はじまりと終りの秘密

Q　トーヴェ・ヤンソンといえばムーミン物語の作者として知られるわけですが、冨原さんの場合、おとなになってはじめて読んだそうですね。

A　ええ、ムーミン・シリーズの翻訳もアニメも、まったく無縁の子どもでしたから。1989年、ストックホルムの町を歩いていたとき、トーヴェ・ヤンソンについての研究書（いま思えば、トーヴェ・ヤンソン研究の第一人者といってよい、スウェーデンのボウェル・ウェスティンの博士論文でした）を書店のショーウィンドウに見つけて、子ども向けのものと思いこんでいたのが、こうして文学研究の対象になっていると知って驚いたんですね。それでシリーズ第6作の『ムーミン谷の冬』──以下、ムーミン物語のタイトルは邦訳版のものを原則としてもちいることにしましょう──を

英語版で読んだのが最初。それがあまりにおもしろくて、手に入るヤンソンの作品を片っ端から読みはじめました。当時、すでに何冊も出版されていた、ムーミン物語ではない、おとな向けの小説も含めて。

Q　ということは、遅すぎた出会いゆえに、この人の仕事がムーミン物語だけではないことも理解していたと。

A　世界40カ国で翻訳されているムーミン物語がトーヴェ・ヤンソンの代表作であることはまちがいありませんが、この人をひとりの芸術家としてとらえなおすとき、当然ながらムーミンだけですべてを語れるわけではないんです。風刺画家、画家、マンガ家、小説家といったムーミン以外の仕事については項をあらためて詳しくお話しするこ

とにして、ことムーミン物語にかぎっても日本でまだ正しく理解されていないことはたくさんあります。たとえばムーミン物語全9作がもともと何語で書かれているか、ご存じですか？

Q　フィンランド人ですから、フィンランド語なのでは？

A　と思うでしょう？　ところがスウェーデン語なんです。トーヴェ・ヤンソンは、たしかにフィンランド生まれのフィンランド人でしたが、彫刻家の父ヴィクトルはスウェーデン語をつかうスウェーデン語系フィンランド人、挿絵画家として活躍した母シグネはスウェーデン人でした。ヤンソン一家はフィンランドにおいてスウェーデン語を話す、言語的少数派だった

のです。

Q　なるほど。それでは、そのムーミン物語がどのように生まれ、シリーズとして書き継がれ、完結したのかという歴史を教えてください。全9作ということに

40

Tulippa band opp sitt hår så att det inte skulle slockna, och så följde hon efter dem och klev i mycket försiktigt.
»Usch så kallt», sa hon.
»Var inte i för länge», ropade mumintrollets mamma, och så lade hon sig ner för att sola sig, för hon var fortfarande ganska trött.
Bäst som det var kom ett myrlejon spankulerande över sanden. Han såg mycket arg ut och sa: »Det här är min strand! Ni får ge er av!»
»Det gör vi visst inte», sa mumintrollets mamma. »Så det så.» Då började myrlejonet sprätta sand i ögonen på henne, han sparkade och krafsade tills hon inte kunde se ett dugg. Närmare och närmare kom han, och plötsligt började han gräva ner sig i sanden, och gjorde gropen djupare och djupare omkring sig. Till slut syntes bara ögonen nere i gropens botten och hela tiden fortsatte han med att slänga sand på mumintrollets mamma. Hon hade börjat glida ner i gropen och arbetade förtvivlat för att komma opp igen. »Hjälp, hjälp!»

ör dem låg oceanen och glittrade i solske-
g vill bada!» skrek mumintrollet, för nu
an bra igen. »Jag med», sa det lilla djuret,
orang de rätt ut i solstrimman på vattnet.

ですが、長らく日本で翻訳されていたのは、『ムーミン谷の彗星』『たのしいムーミン一家』『ムーミンパパの思い出』『ムーミン谷の夏まつり』『ムーミン谷の冬』『ムーミン谷の仲間たち』『ムーミンパパ海へいく』『ムーミン谷の十一月』の、計8作品でした。

A 『小さなトロールと大きな洪水』、これがムーミン物語の第1作です［38／52頁／上］。終戦直後の1945年に刊行されたものの、売れ行き不調で早々と絶版になり、以後、作者自身がこの作品の出版を認めなかったんですね。ヤンソンという人は、自分の作品を気がすむまで何度も何度も書き直すんです。1946年刊の第2作『ムーミン谷の彗星』から1954年刊の第5作『ムーミン谷の夏まつり』にいたる4作品は、すべて1968年に改訂版が刊行され

『小さなトロールと大きな洪水』(1945年)からの見開き。右下はありじごくに砂をひっかけられるムーミンママ。ハンドバッグはすでに持っているけれど、その造形はまだ未完成だ。
Tampere Art Museum Moominvalley

まかにたどってみました。キャラクターとしてははっきり自覚的にもちいられたのは、挿絵画家トーヴェ・ヤンソンの重要な活動の場だった政治風刺雑誌「ガルム」。1940年代はじめにはほぼムーミンらしき姿が登場し、やがてこの雑誌に不可欠な存在となります。まだ戦時中のころ、自分の分身でもあるこのキャラクターを主人公に小説を書こうと思いついたヤンソンが、戦後の平和な時代にむかえて完成させたのが、『小さなトロールと大きな洪水』。語彙といい語り口といい、あきらかに幼い読者が意識されています。ただ、その後のムーミン物語は、巻をかさねるにつれておとな志向へと変わってゆきますが。

Q 第2作『ムーミン谷の彗星』は、『小さなトロールと大きな洪水』の翌年にさっそく刊行されました。

A 42〜45頁で、ムーミンがムーミンになるまでの変遷を大

ていて、それが現行ヴァージョンです。それらよりも前に書かれた『小さなトロールと大きな洪水』も、いつか改訂版をと、途中まで手を入れていたものの、結局うまくいかなかった。それが1991年になって突然オリジナルの体裁のまま、復刊されることになりました。

Q 翌1992年には冨原さんによる邦訳も出ました。どんな話ですか？

A ムーミンママとムーミントロールが、ニョロニョロといっしょに失踪してしまったパパをさがすというストーリーで、完成度は高くない。画力はあるが、挿絵としての効果にはまだ疎い。にもかかわらず改訂しなかったのは、拙いながらもこれはこれで最初期の自分を記録した作

品だとわりきったのだと思います。この作品、パパのつくった家、つまりムーミン屋敷が〈そればまで見たどんなところよりも美しい谷〉に洪水で流されていたという結末で、このあとムーミン谷を舞台に展開する物語の、前日譚にあたる話なんですね。

Q 晴れて初登場となる主人公のムーミントロールは、その後の作品の挿絵とはずいぶん雰囲気がちがいますが。

A たしかにまだあまりかわいくないけど、でもムーミントロールはここが初登場じゃないですよ。

Q えっ、ムーミン物語以前に、ムーミントロールは登場してるんですか？

# ムーミンがムーミンになるまで

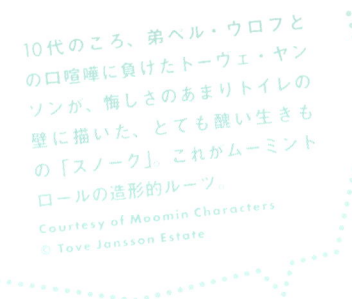

**1** 10代のころ、弟ペル・ウロフとの口喧嘩に負けたトーヴェ・ヤンソンが、悔しさのあまりトイレの壁に描いた、とても醜い生きもの「スノーク」。これがムーミントロールの造形的ルーツ。
Courtesy of Moomin Characters
© Tove Jansson Estate

**2** 16歳のころ、母方の叔父から、ムーミントロールというおばけの話を聞かされたトーヴェ。1932年の日記にはそのことが絵入りで書かれている。「ムーミントロール」という名前が、ここではじめて登場。
© Tove Jansson Estate

**Q** 第3作が、『たのしいムーミン一家』です。

**A** 『魔法つかいの帽子』という原題のとおり、魔法の帽子の不思議な力のせいでムーミン谷にひと騒動おこるという、わりと他愛ない話ですが、ムーミン物語のブレイクのきっかけが、この作品です。といってもフィンランドではなく、遠くイギリスでの話。エリザベス・ポーチというイギリス人女性が『たのしいムーミン一家』を、スウェーデン語の勉強のために英訳、これが1950年にイギリスで出版されて大ヒットし、母国フィンランドへも波及したんです。さらに1954年にロンドンの夕刊紙「イヴニング・ニューズ」でスタートしたムーミン・コミックスの連載も追い

**A** 改訂をほどこされた初期のムーミン物語のなかでも、徹底的に手を加えられたのが、『ムーミン谷の彗星』。1946年に『彗星を追って』のタイトルで初版が刊行されますが［52頁］、1956年に『彗星を追うムーミントロール』と改題、テキストも挿絵も変更されて刊行［48頁］、さらに1968年に『彗星がやってくる』と題した改訂版が出て、これが現行版です。何度も書き直したせいで、作品としてはまとまりがなくなった気もします。

黒い身体にまっ赤な眼。
悪キャラのムーミン？ ③
1930〜40年代 水彩、鉛筆、紙
イメージサイズ＝11.1×18.4cm
Tampere Art Museum Moominvalley
© Tove Jansson Estate

「ユーレン」誌1941年クリスマス
号より。左端に立ってこちらをメ
ラーっと見ているのが、ムーミン
トロールの前身キャラクター「ス
ノーク」。その右上には、ニョロ
ニョロを思わせる姿も

風になって、その人気は一気に世界へと拡大してゆきます。

Q そうした時期に刊行されたのが、第4作『ムーミンパパの思い出』と第5作『ムーミン谷の夏まつり』ですね。

A 最初の3作は、まあ悪くない出来の児童文学といった印象だったのが、このあたりからそろそろ本領発揮かな。第4作は1950年に『ムーミンパパのほら話』として刊行され、1968年の改訂で『ムーミンパパの回想録』となりました。ムーミンパパが若き日の冒険を回想した自叙伝を執筆する

<u>怒った顔をした
生きものを主人公にして、
ムーミントロールという名前をつけました。</u>

トーヴェ・ヤンソン

5 「SNORK」と書かれるキャラクターが登場する。「ガルム」誌のための風刺画の原画。鼻のかたちなど、すこしずつムーミントロールらしくなってきたかな？ 1943年4月号掲載
Tampere Art Museum Moominvalley
© Tove Jansson Estate

この作品には、ヤンソンが雑誌「ガルム」で培ってきたユーモアやアイロニーのセンスが生かされています。初版では全篇、過去を回想するパパの一人称で書かれていたのが、改訂版ではときおりムーミントロールたちに回想録を読み聞かせるやりとり、つまり現在の時間が挿入され、それぞれの文体を変えることで構成上の変化も生まれている。歴史上の偉人でもなんでもないムーミンパパがへたくそな自叙伝執筆にとりくむ勘違いぶりもおかしいし、内容も荒唐無稽なほら話めいていて、つまり

6 耳もついて、かなりムーミントロール風だが、戦時中ゆえか、なんとも険しい顔をしている。「ウォル・ティド」誌 1943年クリスマス号より

7 ナチスによるラップランド撤退時の略奪行為を描いた「ガルム」1944年10月号表紙［71頁］の、部分。誌名「ガルム」の「M」の文字の陰から様子をうかがう小さなムーミントロール。
Tampere Art Museum Moominvalley

8 ムーミン物語第1作『小さなトロールと大きな洪水』（1945年刊）に登場する、ムーミンママ（左）とムーミントロール。めずらしく口が描かれています。
インク、紙
Tampere Art Museum Moominvalley

9 ムーミン物語第8作『ムーミンパパ海へいく』（1965年刊）に登場するムーミントロール。20年前の第1作での姿とは、絵の力の違いが明らか。洗練をきわめたこの姿が完成形だろう。
Tampere Art Museum Moominvalley

回想録のパロディなんですね。

Q 続く『ムーミン谷の夏まつり』の「夏まつり」とは、夏至祭のこと？

A 北欧ではクリスマスに次ぐイヴェントですね。ムーミン谷が洪水で水没し、流されてきた奇妙な家にムーミン一家は移り住みますが、それがじつは「劇場」だったことからはじまる顛末が、息もつかせぬドラマティックな展開で語られます。クライマックスは劇場のなんたるかも知らなかったムーミン一家による、演劇の上演場面。夏至という一年のなかでも特別な日を舞台に、演劇という虚構と現実とがないまぜになって、生きとし生けるものすべてが浮かれ騒ぐ様子を描いた、まさになんでもありのアナーキーな作品です。

Q そして第6作『ムーミン谷の冬』。でも冬って、ムーミン

ムーミン物語第2作の初版『彗星を追って』(1946年)のために、トーヴェ・ヤンソン自身が文字ゲラを切り貼りして、挿絵の入る位置を検討した、貴重な手づくりダミー本（左頁上も）。ヤンソン研究者のボゥエル・ウェスティン教授に、ヤンソンがプレゼントした、超お宝資料。
Courtesy of Boel Westin

**Q** トロールたちは冬眠してる時期では？

**A** そう、これはなぜか冬眠からめざめてしまったムーミントロールのお話。はじめて経験する冬という季節をとおして、ちょっと甘えん坊の少年が成長してゆく様子が描かれます。この作品ではじめてムーミントロールは、主人公として圧倒的な存在感をみせています。

**Q** これまでだって主人公はムーミントロールでしょう？

**A** といっても、あまりぱっとしなかったじゃないですか。この作品では別人のように、彼ひとりで健気にがんばっている。スナフキンもムーミンパパもママもいないから孤立無援。この作品ではじめてムーミントロールは本当の主役になったと思いますよ。

**Q** 冬の描写も印象的ですね。

**A** ヤンソンが描いた冬は、まさにフィンランドの冬でした。前作でも夏至祭という、北欧の風物に材を採ってはいるものの、それはいってみればハレの物語。それがここではフィンランドの風土と正面から向かいあうのようです。それを視覚化する挿絵もみごとで、闇から光を彫りだすスクラッチボードの技法がすばらしい！［19／23頁］私はムーミン物語を大きくふたつに分けてとらえています。『小さなトロールと大きな洪水』から『ムーミン谷の夏まつり』までの前半5作が「夏」のシリーズ、この『ムーミン谷の冬』から『ムーミン谷の十一月』までの後半4作が「冬」のシリーズ。興味深いのは、1968年に改訂版が刊行されたのは前者だけなんです。後半の『ムーミンパパ海へいく』までの3作品も1968年以前に刊行されているから、改訂しようと思えばできたはず。なのにあえてそうしなかったのは、ヤンソン自身、「夏」と「冬」のふたつのシリーズに対して異なる認識を抱いていたからにちがいない。この改訂作業には、それまで単発的に書いてきたムーミン物語を、はじめてひとつのシリーズとして統合しようとする意志も感じられます。

**Q** たしかにそれ以前の陽性で能天気な世界と、この『ムーミン谷の冬』はかなり雰囲気がち

ムーミン物語第2作の初版『彗星を追って』（1946年）の見開き［下］は、上のダミー本のレイアウトどおりだ。同書はその後、2度改訂され、現在は『彗星がやってくる』(邦題『ムーミン谷の彗星』）として刊行。そこでは挿絵も、7頁に掲載したものに差し替えられている。
Courtesy of Boel Westin

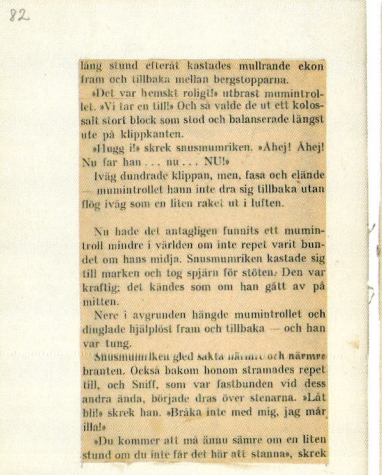

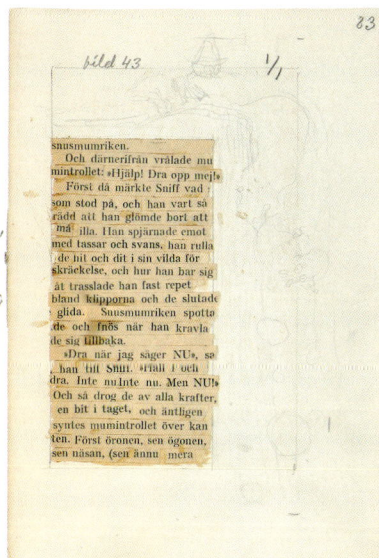

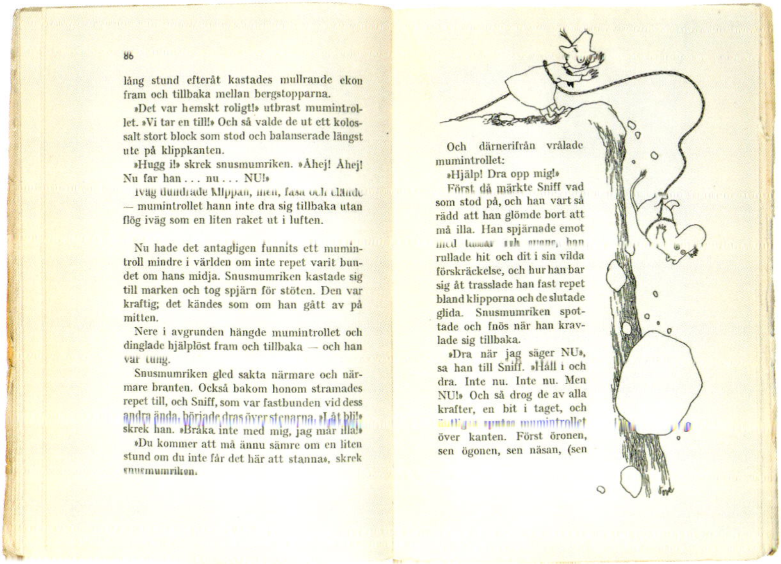

Aがいます。なにが原因でヤンソンに心境の変化が？

1954年にありました。ふたつの重要な出来事がず、グラフィックアーティストとして、はじめて親しくつきあったのトゥーリッキ・ピエティラとの交流。彼女はヤンソンにとってフィン語（フィンランド語）系フィンランド人でしたから、彼女をつうじてアイデンティティとしてのフィンランドを見直すようになったのではないか。それからこの年にはイギリスの夕刊紙「イヴニング・ニューズ」

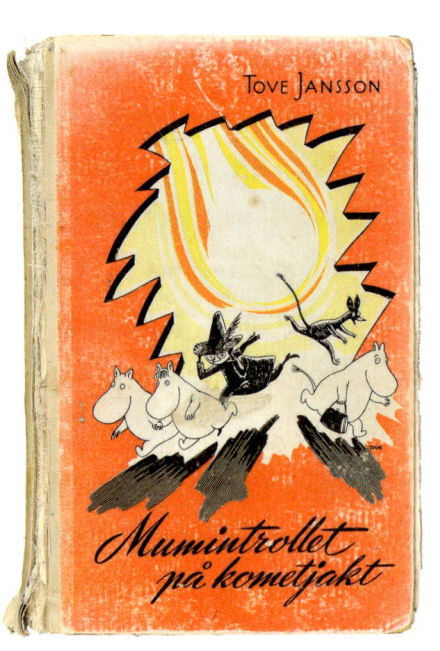

『彗星を追うムーミントロール』(1956年)は、ムーミン物語第2作の初版『彗星を追って』(1946年)の、最初の改訂版で、タイトルもテキストも挿絵も変更された。
Courtesy of Boel Westin

で、例のムーミン・コミックスの連載がはじまっています。連載は大人気でしたが、いつも明るく軽く楽しく、という徹底してポジティヴな世界を描きつづけることは、かなりの苦痛でした。まさにそんな時期に書かれた『ムーミン谷の冬』において、ヤンソンは、あえて暗く重い季節を舞台にしたムーミン物語を書くという、反マンガ的表現に挑み、自分を解放したんだと思います。ただ、『ムーミン谷の夏まつり』のような、文字どおりなんでもありの熱っぽさにも惹かれる私としては、それが『ムーミン谷の冬』以降の世界に、ときに息苦しさもおぼえるんですが。

Q 次の『ムーミン谷の仲間たち』は、初の、そして唯一の短篇集です。

A 1970年刊行の『ムーミン谷の十一月』を最後にムーミン物語を卒業したヤンソンは、おとな向けの小説にとりくみますが、この短篇集はやがて彼女が書くことになるそれらと雰囲気がよく似ています。ひとつのアイデアをさらりとひと筆書きしたようで、うまいなあと思いますね。ふだんは主役にならないような人たちにも光があてられていて、私が好きなのは想像力ゆたかな男の子ホムサが主人公の「こわい話」。なぜかというとヤンソン自身を感じさせるから。それからムーミンパパが主人公の「ニョロニョロのひみつ」も。私、パパが大好きなんです。

Q ということは冨原さん、第8作の『ムーミンパパ海へいく』もお好きですか?

A かなうことなら、自分であらたに翻訳したいくらいです。タイトルから想像がつくとおり、舞台はムーミン谷ではありません。もともとムーミンパパには放浪癖があって、ムーミン谷での生活にあきたらなくなると、ひとりでぷいとどこかへいなくなったりしてたんですが、それでは自分のアイデンティティのよりどころがないことに気づく。そこで今度は、家長として家族を引き連れての放浪、という挙におよぶわけです。ここでの家族とは、ムーミンママとムーミントロール、そして養女になったちびのミイの3人。行き先はフィンランド湾に浮かぶ、

ムーミン物語第 2 作の初版である『彗星を追って』（1946年）の挿絵［上］と、1968 年に 2 度目の改訂版として出版された現行ヴァージョンの『彗星がやってくる』［下］。同じ場面の挿絵が、こんなにちがっているとは！
Courtesy of Boel Westin

灯台のある島。家族の絆を確認するための島暮らしが、逆に家族のあいだに亀裂を生じさせるというシリアスな展開で、最終的に信頼は回復されるものの、

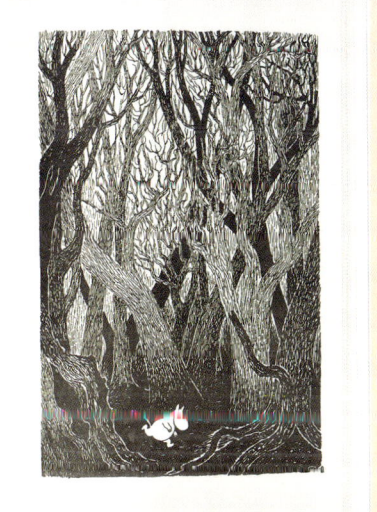

きっと彼らは一度はその家族関係を解体させないといけなかったんですね。ムーミントロールはすっかり思春期の少年で、父親に毒づいたり、うみうまたちに恋したり、自分は本当は醜いんじゃないかと悩んだり、孤独なモッラと心をかよわせたり、そしてほんとうの意味での自立をはたします。ムーミン谷

の冬』では否応なしの自立でしたから意味がちがう。ここでのムーミントロールは、ほんとうに魅力的だな。

Q　そして『ムーミン谷の十一月』、1970年に刊行された、ムーミン物語の最後の作品です。

A　この年、最愛の母シグネが亡くなります。それはトーヴェ・ヤンソンの生涯で、最大の事件でした。シグネの死で、彼女はこれ以上ムーミンの物語を書くことができなくなった、そう私は理解しています。『ムーミンパパ海へいく』が1958年に亡くなった父ヴィクトルへのオマージュであるなら、『ムーミン谷の十一月』はまぎれもなくシグネへのオマージュです。舞台はムーミン一家不在のムーミン谷。そこへさまざまな人たちが訪れ、ムーミン屋敷で共同生活をおくりますが、ムーミン一家がなぜ

右頁：短篇集『姿のみえない子とその他の物語』（邦題『ムーミン谷の仲間たち』）収録の、「姿のみえない子」の一場面。ムーミンママがリンゴを拾う場面を、じつにさまざまな構図で描いては検討していることに驚く。これ以外にも、複数の下描きがのこっているのだ。インク、紙　17.5×14.8cm
Tampere Art Museum Moominvalley
下：こちらが最終的に採用されたヴァージョンです。多くの下描きをかさねたすえの、トーヴェ・ヤンソン納得の1枚。インク、紙　5.7×12.3cm
Tampere Art Museum Moominvalley

Q　読者のためというより、まるで母シグネ、そしてヤンソン自身のために書かれた私的な物語のようですね。

A　それまでは不特定多数の読者に対してひらかれていたムーミン物語も、ここから先は私と家族だけの物語なのであって、だからそれを自分はもうこれから先、語ることはないと表明しているのだと思います。ヤンソンはかつて、ムーミン物語執筆の動機を、誰のためでもなく、とりもどすためだと語ったことがあります。そのようにして生まれた物語が、四半世紀ののち、幸福だった自分の子ども時代を幸福な子ども時代のよりどころであった母の死によって終わりをむかえるのも、必然なのかもしれません。

ンソンだけはムーミンママをこの場所で迎えようとするかのようです。

不在かというと、どうやら彼らは遠い島へ行っているから。つまり前作『ムーミンパパ海へいく』と表裏一体の物語になっている。ちょっとできすぎなくらい、あざやかな仕掛けです。そして不在の、不在のムーミン一家のなかで、だれよりも不在感が強いのが、ムーミンママその人。執筆当時、母シグネの余命がわずかだとヤンソンにもわかっていたのでしょう、そのための心の準備としてこの作品は書かれたのではないか。登場人物のひとり、ホムサのトフトという男の子は、ムーミンママに会いたくてやってきます。トフトはヤンソン自身なんですよ。物語の最後、不在だったムーミン一家の帰還が示唆されますが、そのときムーミン谷に残っているのは、ホムサのトフトただひとり。ほかにだれもいなくなったとしても、ホムサのトフト、つまりヤ

『たのしいムーミン一家』
（ムーミン物語　第3作）

魔法つかいの帽子のせいで、
ムーミン谷に事件が。

1948年　『魔法つかい（トロールカルル）の帽子』
　　　　刊行
　　　　The National Library of Finland
1956年　重版の際に小さな変更
1968年　改訂版刊行

『ムーミン谷の彗星』
（ムーミン物語　第2作）

ムーミン谷に彗星が衝突するって!?
その顛末やいかに。

1946年　『彗星を追って』刊行
　　　　Courtesy of Boel Westin
1956年　改訂版『彗星を追うムーミントロール』
　　　　刊行
1968年　改訂版『彗星がやってくる』刊行

『小さなトロールと大きな洪水』
（ムーミン物語　第1作）

ムーミンママとムーミントロールが、パ
パを探して旅する話で、物語の舞台が
ムーミン谷になるまでのプロローグとも
いえる。

1945年　オリジナル版刊行
　　　　Tampere Art Museum
　　　　Moominvalley
1991年　復刻版刊行

# Nio muminböckerna
## ちょっとわけあり9つのムーミン物語

ムーミン物語は、現在流通しているヴァージョンがかならずしも初版のままとはかぎりません。作品によっては初版刊行後、トーヴェ・ヤンソン自身の手でテキストが改訂され、ときには挿絵もさしかえられ、タイトルさえも変更されて、現行の決定版にいたっています。かと思えば、初版そのままで変更のない作品もあるという具合。ちょっとわけありの所以（ゆえん）です。

この見開きでは、ムーミン物語のシリーズ第1作から第9作（最終作）までのスウェーデン語版原著が、初版から現行の決定版までどのように刊行されたかを、各作品ごとに簡単に整理してみました。なお、書影はすべてスウェーデン語版の初版を掲載しています。また、各作品の見出しには、便宜上、一般的によく知られている邦訳タイトルを採用しています。

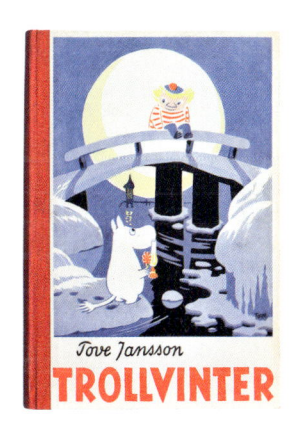

『ムーミン谷の冬』
(ムーミン物語　第6作)

冬眠中にめざめてしまった
ムーミントロールの冒険。

1957年　『トロールのふしぎな冬』刊行
　　　　The National Library of Finland

『ムーミン谷の夏まつり』
(ムーミン物語　第5作)

ムーミン谷が大洪水。ムーミン一家は
流されてきた劇場に移り住み……。

1954年　『なんでもありの夏まつり』刊行
　　　　The National Library of Finland
1968年　改訂版刊行

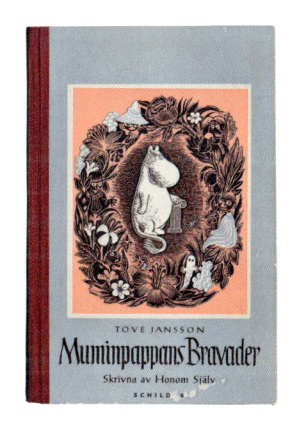

『ムーミンパパの思い出』
(ムーミン物語　第4作)

若き日の冒険譚をムーミンパパが執筆、
こどもたちに語り聞かせる。

1950年　『ムーミンパパのほら話』刊行
　　　　The National Library of Finland
1956年　一部改訂
1968年　改訂版『ムーミンパパの回想録』刊行

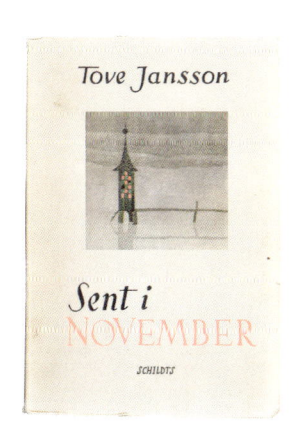

『ムーミン谷の十一月』
(ムーミン物語　第9作／最終作)

住人不在のムーミン屋敷へ、それぞれの
思惑を胸にやってきた人たち。

1970年　『11月も終わるころ』刊行
　　　　Courtesy of Boel Westin

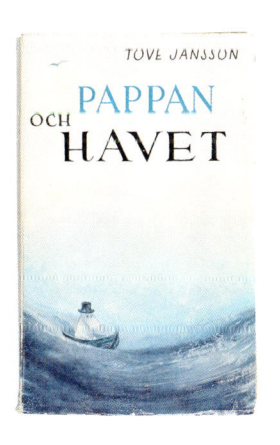

『ムーミンパパ海へいく』
(ムーミン物語　第8作)

灯台のある島へ移住したムーミン一家の
シリアスな生活。

1965年　『パパと海』刊行
　　　　Tampere Art Museum Moominvalley

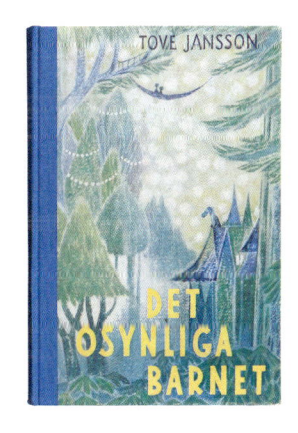

『ムーミン谷の仲間たち』
(ムーミン物語　第7作)

主に脇役たちが主人公の9篇からなる、
唯一の短篇集。

1962年　『姿のみえない子とその他の物語』刊行
　　　　The National Library of Finland

ヘルシンキ市内にあるトーヴェ・ヤンソンのアトリエには、油彩用の筆やパレット、イーゼルがのこされていた。1980年代に油絵を描くのをやめてからも、画材はそばに置いていたという。

# Atelier där man ser havet i

アトリエ 海の見える部屋

すばらしく広くて美しい、
しかも小部屋付きのアトリエに引越したのよ。
大いなる夢の成就というわけ。

トーヴェ・ヤンソン

1960年代、カンヴァスに下塗りを
ほどこすヤンソン。このアトリエを
借りたのは30歳のときだというか
ら、2001年に亡くなるまでの60
年ちかくを彼女はここで暮らした。
Photo: Per Olov Jansson

アトリエは建物の最上階の角部屋で、ロフトつき。1960年ごろに改装しており、設計は親友トゥリッキ・ピエティラの弟夫妻で、フィンランドを代表する建築家レイマ&ライリ・ピエティラ。白を基調とし、木をふんだんにつかったシンプルな内装。

アトリエの入口近くに置かれたコンロ。改装の際、バスルームとキッチンの両方をつくるスペースがないと言われ、バスルームを選択。ヤンソンはほとんど料理をしない人だったという。

２００１年に亡くなるまで、トーヴェ・ヤンソンはヘルシンキ市内のアパートメントの最上階の角部屋に住んでいた。１９４４年から６０年ちかくをここで暮らしたから、この住居兼アトリエは彼女が油絵制作に励む姿も、挿絵を描く姿も、連載マンガで苦しむ姿も、みんな見てきたことになる。もちろんムーミン物語をに打ちこんでいた。晩年は、ここで小説執筆うと本棚にかこまれた落ち着いた部屋を思いうかべるが、ここはもともとアトリエ用の部屋なので、天井が高く広々としている。父ヴィクトル作の大きな女性像も、ゆったりと飾られている。大きな窓の向こうには、ヘルシンキの海がある。
　アトリエの上にはロフトがあって、ここにはベッドを置いていた。両親が芸術家だったから、生まれ育った家もやはりアトリエ兼用で、幼いヤンソンの寝床は、これまたアトリエの上のロフトにあった。そこからは両親が仕事をする姿がよく見えたという。ヤンソンは生まれたときから

アトリエスペースのほかには小さな部屋がひとつだけ。右手前がヤンソンの指定席だった椅子。

本棚をはさむ大きな窓から光が入る。ヤンソンはヘルシンキの街にあるすべてのアパートメントは、最上階にアトリエをそなえるべきだと言った。

亡くなるまで、夏の島暮らしをのぞくと、アトリエ以外に住んだことがない。自伝的小説『彫刻家の娘』のなかでも、少女は、カーペットのめる部屋よりもセメント床のアトリエにすむほうがずっといいと断じる。両親の姿を見て、自分も芸術家になること以外は考えられないと思っていたヤンソンにとって、アトリエは文字通り「原点」だったのだ。

1990年以降、このアトリエを何度もたずねている冨原眞弓さんによると、当時は、アトリエ隅の小部屋にある臙脂色の椅子がヤンソンの指定席だったという。原稿は、小さななよるテーブルで書いていた。たばことアルコールが人好きで、昼間からぐいぐい強いお酒を飲んで、それでも平気な顔をしている。カウチをふたつ直角にならべ、午後になると、ちょっと昼寝をするわと言ってそこにごろりと横になった。ヤンソンは広いアトリエの、その小さな一角で、1日のほとんどをすごしていたという。[編集部]

60歳を越えたころの強烈な《自画像》。当時のヤンソンは母親の死を
きっかけに、おとな向けの小説という新たな境地を切りひらいていた。
1975年　油彩、カンヴァス　65×47cm
Private Collection / © Tove Jansson Estate
Photo: Jari Kuusenaho / Tampere Art Museum Moominvalley

# ångfasetterad Tove
## さまざまなトーヴェ

てて描かれた、ふたつの自画像です。その印象がまるで異なるよ
本作家、マンガ家、小説家といくつもの顔をもつ人でした。10
」とさだめた彼女がたどった、多才で多彩な軌跡をたどります。

こちらは20代半ばの不敵なたたずまい。
フランスやイタリアでの絵画修業の成果がうかがえるだろうか。
《たばこを吸う娘（自画像）》 1940年
油彩、カンヴァス　55×49cm
Private Collection / © Tove Jansson Estate
Photo: Jari Kuusenaho / Tampere Art Museum Moominvalley

ここにならべたのは、時代を大きく
うに、トーヴェ・ヤンソンは、画家
代なかばで早々と自分の天職を「芸術

# Barndom
## 生い立ちについて教えてください

フィンランドには公用語がふたつあることをご存じでしょうか？ ひとつは現在人口の95パーセント近くが使うフィンランド語（フィンランド語）、もうひとつはスウェーデン語です。トーヴェ・ヤンソンは、すでにお話ししたように、少数派であるスウェーデン語系のフィンランド人でした。父親がスウェーデン

彫刻家だった父ヴィクトルがつくった
《トーヴェ・ヤンソンの頭像》。
1920年 大理石 高32cm
Private Collection /  © Tove Jansson Estate

トーヴェ14歳のころ。ふたりの弟、
ペル・ウロフ（右）とラルスと。
Courtesy of Per Olov Jansson

パリで出会ったころ、若き日の父ヴィクトルと母シグネ。
Courtesy of Per Olov Jansson

　かつての両者の対立が、若きヤンソンになんの影響も与えなかったはずはありません。ムーミン物語の初期の作品は、フィンランド的というよりもコスモポリタン的な印象が強い。ヤンソンがムーミン谷のような、争いのない国籍不明の理想郷をつくりあげた一因には、そんな政治的・文化的背景が関係しているのではないでしょうか。

　こうした言語問題は、ムーミン物語受容の歴史にも関係しています。いまでこそムーミンはフィンランド生まれの人気者として、フィン語系フィンランド人にも愛されていますが、かつてはムーミンにまったく興味がなかったという人も少なくありません。トーヴェ・ヤンソン研究にいたっては、母国よりスウェーデンのほうが盛んなくらいです。スウェーデン語系の人たちは、

語系フィンランド人、母親がスウェーデン人だったので、小さなころから、話すのも、お話を書くのもスウェーデン語でした。多数派の言語がわからなくても支障がなかったのは、フィンランドがかつてスウェーデンを宗主国としていたためで、政治、経済、文化と、あらゆる面でスウェーデン語系の発言力が大きかったからです。しかしヤンソンが10代から30代のころにかけては、ナショナリズム運動に衝き動かされた、純正フィン主義者ともいうべき人たちが、スウェーデン語排斥運動を展開し、両者のあいだには深刻な言語闘争がくりひろげられていました。現在では平和な共存関係にありますが、

1951年、アトリエにて制作中のヴィクトル（後ろ姿の男性）。作品をつくり終えると、かならず家族に批評を求めたという。
Photo: Per Olov Jansson

> パパは彫刻の話はしない。
> あまりに重要なことは
> 話題にしてはならない。
> 
> トーヴェ・ヤンソン

ヴィクトルはよく娘のトーヴェをモデルにして女性像を制作したという。
《真昼の太陽》部分 高89.9cm
Moomin Characters / ©Tove Jansson Estate

挿絵画家。ヴィクトルはときおり見せる気性のあらさから、仲間うちではファッファン（ファンは「くそっ」の意）とあだ名され、シグネは旧姓のハンマルステンを略してハムと呼ばれていました。ふたりのあいだには長女のトーヴェの下に、6歳ちがいのペル・ウロフ、12歳ちがいのラルスというふたりの男の子で、母親のシグネは売れっ子の親のヴィクトルは新進の彫刻家で、ヤンソンの両親は有名人でした。父ダック・ポンドのなかで、かつてそのいるわけですが、なものだ、と自嘲気味に言っているあひるのようで寄り合っているあひるのようわれわれは小さな水たまりの中ク・ポンド」と呼んでいます。いまも自分たちの社会を「ダッ

**上**：この線の細かさといったら！ 疾走する救急車のスピード感もみごと。完成した切手は次頁上から5列目に。トーヴェは切手の図案だけは、母親にはかなわないと言って、絶対に手を出さなかったとか。
Itella Corporation

**中**：こちらは顔だけ水から出した愛らしいアザラシの姿。完成した切手は次頁上から3列目に。
Itella Corporation

**下**：母シグネと幼いトーヴェ。母が絵を描く姿を見てトーヴェは育った。
Courtesy of Per Olov Jansson

シグネが装画を手がけた本。ヤンソン家の子どもたちはみな読書家で、出版社から母が装画や装丁を担当した本が送られてくるのを楽しみにしていたという。
ロレンツ・フォン・ヌメルス『貝の兄弟』 1946年
Private Collection

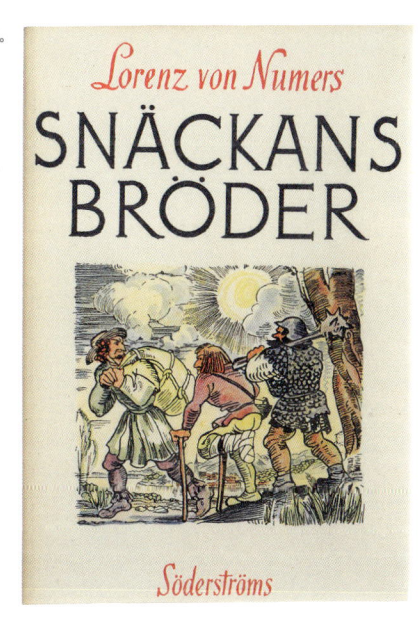

　トーヴェが最初にかよったのは、ヘルシンキのスウェーデン語系の学校でした。かなり厳格な校風だったらしく、芸術家の両親のもとで自由に育ったヤンソンは、勉強ぎらいなうえに校風にもなじめず、15歳で学校を中退してしまいます。それを許す両親も驚きですが、父親のヴィクトル自身、親戚中の反対を押し切って彫刻家になったという変わり者。自由奔放な芸術家肌で、家族のことは妻にまかせきり。フィンランドの芸術家があり、それぞれ写真家と小説家になります。ヤンソン家はまさに芸術家一家でした。

　のなかでは、パリで学んだ最初の世代に属し、当時としては先端をゆく作風で、名前も知られていましたが、とはいえ彫刻の注文などそう頻繁にあるはずもなく、生活の資はもっぱらシグネが、本の表紙画や雑誌の挿絵を描いて稼いでいました。ですからシグネのほうは芸術家とし

> ママはだれよりもわたしを
> 理解してくれる存在だという気がする。
>
> トーヴェ・ヤンソン

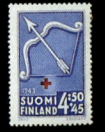

ヘルシンキの郵便博物館ではシグネが手がけた切手を多数収蔵。国章のライオン（上から4列目と最下列）から有名人、動植物、乗り物にいたるまで、種類も豊富。フィンランド語とスウェーデン語のみだけれど、郵便博物館のHP（http://postimuseo.posti.fi）でSigneの名前で検索すると280あまりがヒット！
Itella Corporation

　リガ各地を旅するなど、両親の足跡をたどるかのように、ヨーロッパ各地で修業します。
　このように、トーヴェにとって両親の影響は絶大でした。ただ、シグネの死を了感するなかで書いた『ムーミン谷の十一月』や、おばあさんと孫娘の交流を描いた小説『夏の本』（邦題『少女ソフィアの夏』）を読むと、彼女にとってシグネは、画家として先輩という以上に、純粋に愛情の対象だったのではないかと思えてなりません。自分のことを無条件に愛し、理解し、守ってくれる人。一方、父ヴィクトルは、芸術家としてあこがれの対象でした。片や妥協を許さない気ままで頑固な芸術家・片や、メディアに応じて柔軟に作風や画風を変える職業画家。少女トーヴェはそれぞれの気質をしっかりと受け継いで、芸術家としての道を歩んでいきます。

　学校を中退したトーヴェは、ストックホルムにわたり、3年間、シグネの母校である工芸専門学校にかよいました。ここでもあまり周囲になじめなかったようですが、ともかく画家をめざして本格的に勉強をはじめました。16歳のときの日記にははっきりと、自分の天職は芸術家以外ではありえないと記していたのです。
　そんな母親の姿を見て育ったからか、トーヴェも早くから雑誌などに挿絵を寄せています。帰国後、今度は父の母校であるヘルシンキのアテネウム画学校で油彩を勉強。1938年には半年間パリで学び、さらに翌年の春から夏にかけてはイタ

てやりたいことではなくて、おそらく、お金になることを選んでやっていった。画風も角ばった線のものもあれば柔らかいものもあり、緻密に描きこんだものもあればラフなデッサン風のものもある。とくに本の装丁を手がけるときは、意識して画風を変える必要がありました。この国では大半の本が、クリスマス商戦のはじまる秋口に出ます。自分が装丁した本が書店に同時にいくつも並ぶことを考えて、イメージが似ないように気をつけていたのですね。そういうところが非常にプロフェッショナル。だからこそ売れっ子だったのでしょう。

だけ作品に価値があるからだと、子どものときから考えていました。逆に言えば、お金のためであっても絶対に手を抜かない。それは母親の姿から学んだことでした。少女トーヴェにとって、絵を描くということは、けっして子どものお遊びではなかったのです。

人がお金を出すというのはそれ生活費を得るという意味以上にお金を稼ぐ、ということが大事で、

1920年生まれ。トーヴェ・ヤンソンのすぐ下の弟で、写真家。本書のクルーヴ島［104／110頁］やアトリエ［55頁］の写真は彼が撮影した。いちばん好きなムーミン物語は『ムーミン谷の十一月』。好きなキャラクターはちびのミイとスナフキン。

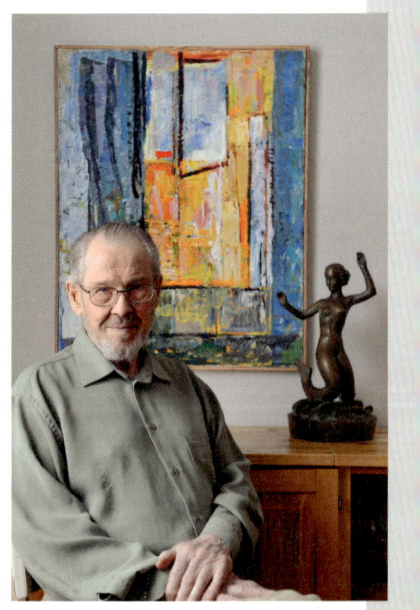

# Tove och jag
## トーヴェ・ヤンソンと私
### カメラ嫌いの姉
#### ペル・ウロフ・ヤンソン

　私がものごころついたときには、トーヴェはすでに高い技術を持った画家になっていました。絵ではとてもかなわないと思ったので、自分はべつの道を探そうと。それで出会ったのが写真でした。仕事では広告関係が多かったのですが、プライヴェートでは姉のトーヴェをモデルにして彫刻をつくっていました。

　母は本の表紙や挿絵などを手がける画家でしたが、いろんな意味ですごい女性だったと思います。私に射撃を教えてくれたのは、戦争経験のある父ではなく、なんと母でしたよ。写真がとても苦手な人だったので、撮影にはいつも苦労しましたが、被写体としてとても魅力的な人でした。母は切手のデザインもしており、トーヴェはいつも母の隣に座って、その仕事ぶりを見ていました。切手を印刷するための下絵は、とても細い線で描かなければならないのですが、母は実に0・5ミリの間隔で線をひくことができた。つまりそのときのことはあまりよく覚えていないのです。

　私のうしろにある油彩（右）は姉が壁に落書きをして、私も落書きで応酬したのは覚えているのですが、原因はカンにつてだったか……。あるいは死についてだったか……。トーヴェはよく哲学書を読んでいました。哲学にかぎらず、私たち兄弟はみな本を読むのが好きだったんですよ。両親からは本以外のプレゼントをもらったことがないくらい。

　トーヴェのムーミン物語のあの緻密な挿絵の技術は、母から学んだのかもしれませんね。トーヴェの絵で、彼女と喧嘩した思い出の作品です。というのは、この絵を見たとき、窓の外よりも室内のほうが暖かい光で描かれなきゃおかしいじゃないかと、写真家的リアリズムで文句をつけてしまったんですよ。

　喧嘩といえば、ムーミンは子どものころの私との喧嘩がきっかけで生まれたとされていますが、じつはそのときのことはあまりよく覚えていないのです。

　トーヴェはすでに高い技術を持った画家になっていました。そういえば、父もトーヴェのことはあまりよく覚えていないのです。絵ではとてもかなわないと思ったので、自分はべつの道を探そうと。それで出会ったのが写真でした。プライヴェートでは姉の写真もたくさん撮りましたよ。写真がとても苦手な人だったので、撮影にはいつも苦労しましたが、被写体としてとても魅力的な人でした。母は切手のデザインもしており、トーヴェはいつも母の隣に座って、その仕事ぶりを見ていました。身体のラインが細くて、スポーツマンみたい。実際泳ぐのが大の得意で、クルーヴ島（ハル）で描かなければならないので

弟のラルスは15歳で小説家としてデビューしていますし、私も若いころ、小説を出版したことがあります。

ムーミン物語が評判になって、もちろんトーヴェは大喜びでした。まずなにより、おかねが入ったことがすごく嬉しかったんだと思います。でも有名になったせいで、つらいこともたくさんおこりました。

画家仲間から、ムーミンで稼いでいるんだからもう絵は描かなくていいだろうと言われたり、絵を売ってきてあげるともちかけられて預けたらそのままだまされたり。いやだと言えないやさしい性格なんです。ファンレターの数もふつうじゃない。トーヴェは初はそんなつもりではなかったのですが、トーヴェと写真に全部返事を書く。おまけに人生相談みたいな電話まで

【88頁】という写真絵本なのですが、タンペレ市のムーミン谷博物館に、トーヴェが友人たちとつくったムーミン屋敷【89頁】があるのをご存知でしょうか？ あれが完成した直後、細部を写真に収めておくとおもしろいかなと思って撮影しておいたんです。最

1980年の『ムーミン屋敷のならず者』

を見ているうちに、本にしたらおもしろいという話になって、姉が文章を書きました。

その後、イギリスの新聞社から舞いこんできたマンガ連載の仕事がたいへんで、アトリエにもよく遊びに行きましたよ。アトリエにはたくさんの本があって、その本をラルスが英訳を借りて読むことが楽しみだったんです。このパレット【左】は姉が亡くなったあと、アトリエから持ってきたものです。アトリエには3つのパレットがあって、そのなかでもいちばん色のグラデーションがきれいなものをちょうだいしました。［談］

上：ペル・ウロフさんは長年にわたって姉の写真を撮ってきた。この詩的なメードは1951年撮影。
Photo: Per Olov Jansson

左：トーヴェが使っていたパレット。裏面には「KLOVHARU 1965 TOOTICKI」とある。トゥリッキ・ピエティラがつくったのだろう。

電柱には「恋人たちの逢瀬を邪魔しないでね」という貼紙が。発令者はトーヴェ。灯火管制という非常時を逆手にとるような、ユーモラスな表現がにくい。すてきな表紙画です。
「ガルム」1943年11月号表紙　30.6×22.3cm
Tampere Art Museum
Moominvalley

# Debut som tecknare
## 商業デビューは「挿絵画家」？

ドイツ軍がフィンランド北部ラップランドから撤退する際の略奪行為を描いたもの。
略奪者たちの顔を全員ヒトラーにしたところがミソで、罪はドイツ人ではなく、
ヒトラーただひとりにあるというメッセージでもある。右下にはムーミンが。
「ガルム」1941年10月号表紙　30.6×22.5cm
Tampere Art Museum Moominvalley

下：「ガルム」の表紙として描かれながら、検閲で没となった作品。
1940年 インク、紙　33.2×23.9cm
Tampere Art Museum Moominvalley / ©Tove Jansson Estate
左頁：スターリンの顔をヒゲ面の人物に描きかえてようやく発売された「ガルム」。
1940年3月8日号表紙　30.6×22.8cm
Tampere Art Museum Moominvalley

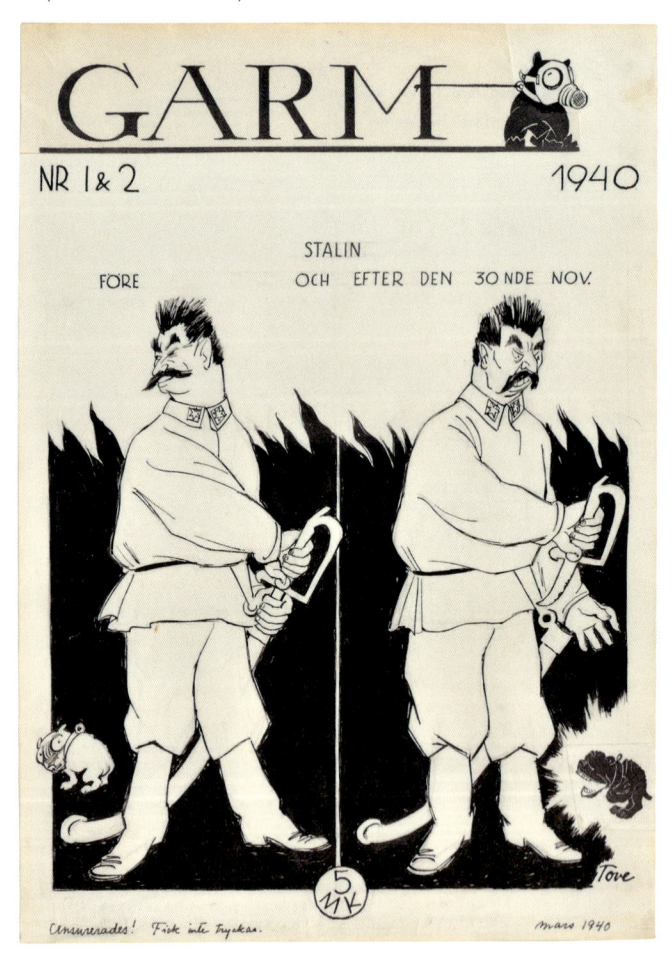

　絵がはじめて印刷物になったのは、なんと13歳のとき。早熟なデビューでした。1929年、15歳のときには、母シグネがかわっていたスウェーデン語系の政治風刺雑誌「ガルム」にも挿絵が掲載されます。この「ガルム」、いま見てもとてもおもしろいんですよ。1923年の創刊で、禁酒法などの政府の圧政的な政策や、1930年代に盛んになった純正フィン主義を批判し、反戦、反ファシズムを掲げていたのですが、それらを真正面から糾弾するのではなく、軽妙な風刺画で茶化し、笑いとばすというスタイルでした。サイズはA4判よりひとまわり大きいくらい、15〜40ページほどの簡素なつくりながら、学者や作家、画家などインテリ層の拠点となり、スウェーデン語系の雑誌ではもっとも支持を集めていました。誌名の「GARM」は北欧神話に出てくる獰猛かつ勇敢な、地獄の番犬（Garmr）に由来しており、創刊時にシグネによって黒い犬の姿でキャラクター化され、以後ほぼ毎号に登場するようになります。

　この見開きに掲載したのは1940年の3月8日号。黒犬ガルムは世相を反映して、ガスマスクをかぶった姿で登場しています。ヤンソンによるこの表紙画、ごらんのとおり、よく似たふたつのヴァージョンがあります。最初に描かれたのはス

# 「ガルム」の仕事が好きでした。
## なによりヒトラーやスターリンをやっつける
## ことができたので。

トーヴェ・ヤンソン

ターリンの似顔絵ヴァージョン[右頁]でしたが、政府の検閲にひっかかり、描きかえを命じられます。当時、フィンランドでは前年からソ連とのあいだにつづいていた、いわゆる「冬戦争」が終息にむかい、停戦交渉がまとまろうかというデリケートな時期にありました。ヤンソンが描いたのは、スターリンの立派なサーベルに怖じ気づいて、おっかなびっくりで対ソ戦に突入したものの、いざ鞘から抜かれたところを見たら、ちっぽけな短刀だったという、なんとも皮肉の効いた風刺画。これがソ連側を刺激することを政府は恐れたんですね。「はいいえ修整ヴァージョン[上]」も、ソ連批判であることには変わりないので、この程度の修整でおとがめなしになるのかと、ちょっと不思議な気もしますけどね。

「ガルム」でのヤンソンの仕事をふりかえると、はじめのころは母親とそっくりな絵を描いていましたが、みるみる腕をあげ1〜2年後にはひと目でそれとわかるまでにスタイルが確立されていきました。ただし、ヤンソンが精力的に「ガルム」に関わるようになるのは、1939年の秋以降のこと。ストックホルム留学やパリでの絵画修業を経て、帰国してからは、「ガルム」にほぼ毎号イラストを寄せるようになり、表紙絵も7〜8割の割合でまかされるようにな

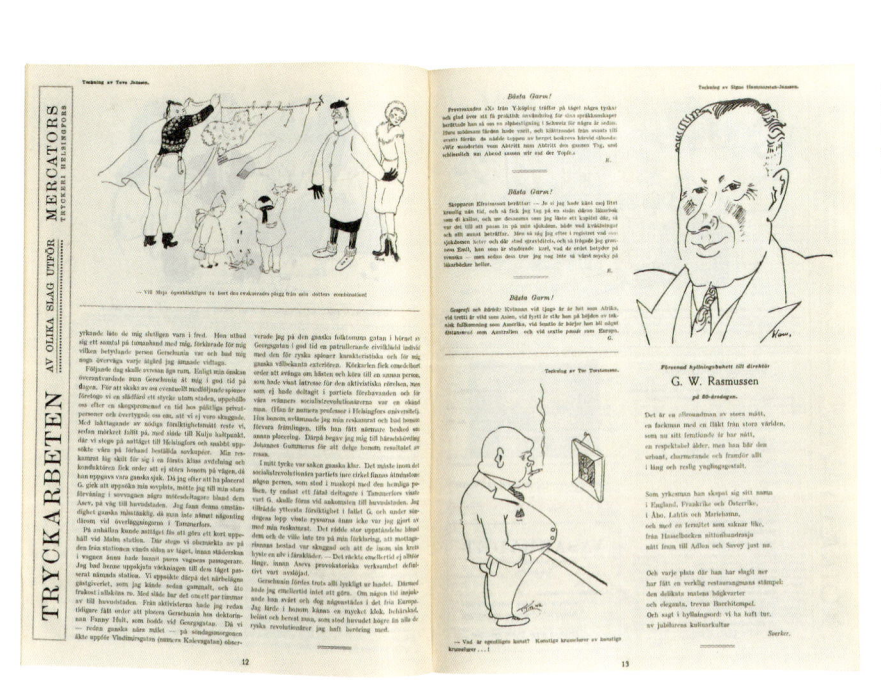

右ページ上がシグネ画、
左ページがトーヴェ画。
「ガルム」1944年3月号
Tampere Art Museum
Moominvalley

りました。例の、検閲されたスターリンの表紙画もちょうどこの時期に生まれたわけですね。

彼女をこの雑誌に導いた母シグネもかわらず健筆を揮っていましたから、当然、母娘の絵がそろって誌面に登場することもありました。上の見開きは1944年3月号から。右ページ上の人物はシグネ、左ページはトーヴェです。政治風刺画の王道はやはり政治家の似顔絵ですが、この手の似顔絵が抜群にうまかったのはシグネのほうでした。切手の図案と似顔絵を描かせたら、当時のフィンランドでシグネの右に出る者はいなかったはずです。一方、左ページのトーヴェの絵は、間借りにむかって大家の奥さんが、年ごろの娘の目にはいるところで洗濯物なんか干さないでちょうだいと、苦情を言っているところ。このころ戦争で家を失った人たちが、他人の家に間借りするということもよくあったのですが、生活習慣のちがいから起こる小さな衝突が巧みに描かれています。こんなふうに、娘のトーヴェのほうは、なんでもない日常のひとこまを描いて、そこに社会の状況や問題を浮かびあがらせる術に長けていました。ヒトラーやスターリンが登場するような、インパクトあふれる「ガルム」の表紙画もいいけれど、私自身は、ちょっとした日常を描いた絵の方が、彼女らしさが出ているんじゃないかと思うんです。

たとえば左頁の絵は、お隣にじゃがいもを半分わけるようにと言いつけられたお手伝いさんが、ご丁寧にも一個一個を半分に切り分けているという、笑っちゃうような場面。終戦後のことで物資不足は深刻でしたが、じゃがいもだけは豊富に

「ヒルダ、なぜじゃがいもをみんなふたつに切ってるの?」
「だって、レングレンさんにうちのじゃがいもを半分あげてとおっしゃったじゃありませんか」
「ガルム」1945年12月号
Tampere Art Museum Moominvalley

絵だけ見ていても楽しいのですが、当時の時代背景がわかるともっとおもしろい。画面の右隅でこれまた律儀にじゃがいもを天秤にかけているのは誰あろう、ムーミンです。1943年以降、作者の分身として挿絵の中に小さく描かれるようになったムーミンは、ムーミン物語の主人公とはずいぶん雰囲気がちがっているものの、怒ったり、とぼけたり、ちゃらけたりと、世相を反映してとても表情が豊か。1940年代後半になると、黒犬ガルムはならぶ雑誌の愛顔として、堂々と表紙をかざるようになりますね。このころはもう、力が入っていたこともあり、幼いころからの愛読書だった『不思議の国のアリス』[77頁中]や『ナーク狩り』[77頁上]や

ナーク狩り』[77頁上]や『不思議の国のアリス』[77頁中]は、幼いころからの愛読書だったこともあり、力が入っていますね。このころはもう、金銭的にも余裕があったせいか、挿絵の仕事も好きなものだけを引き受けていたようです。「ガルム」の仕事で稼いでいたから、それどころか「ガルム」ではもちろんなく、それどころか「ガルム」は1953年に、編集長が急逝して廃刊になっていたんです。もっとも戦争が終わってしばらくすると、黒犬ガルムも噛みつく相手がいなくなって、その使命を果たし終えた観もありましたが。そしてちょうどときを同じくして、ヤンソン自身も、次なるステップに進み出していたのです。でもそれをご紹介するまえに、ヤンソンが小さいころからめざしていた、「画家」としての仕事ぶりをみておきましょうか。とくにルイス・キャロルの『ス

1940年代ごろの「ガルム」の仕事は、まだ「ガルム」ふうの軽妙なタッチですが、1950年代以降になると、ムーミン物語を思わせるような個性的な画面構成がみられるようになります。とくにルイス・キャロルの『ス

カールロ・カルヒ『どんなふうに部屋を飾りましょうか?』
フィンランド語版　1938年　16.5×23.0cm
「ガルム」ふうの挿絵を寄せたインテリア教本。
The National Library of Finland

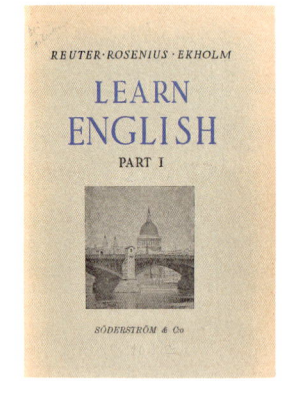

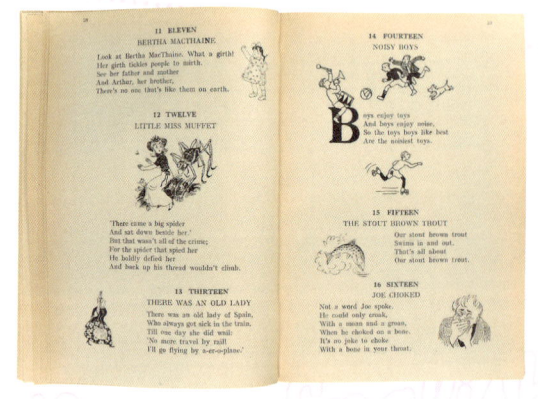

ロイター、ロゼニウス、エクホルム『英語を学ぼう パート1』
スウェーデン語版　1946年　19.9×14.0cm
英語の学習参考書の挿絵も手がけた。
The National Library of Finland

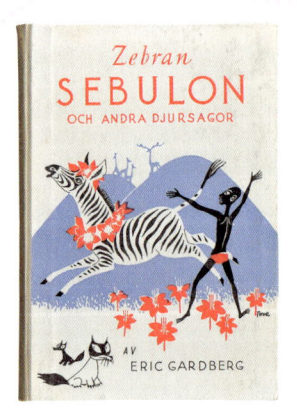

エリック・ガルドベリ『しまうまのセブロン』
スウェーデン語版　1952年　15.3×11.0cm
ムーミンの物語にも出てきそうな、へんてこな生きものも登場。悪いやつではなさそうです。
The National Library of Finland

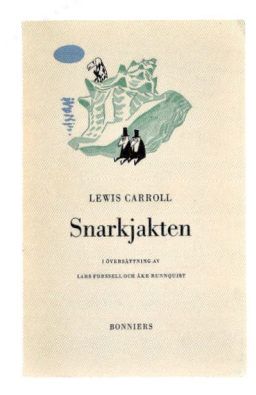

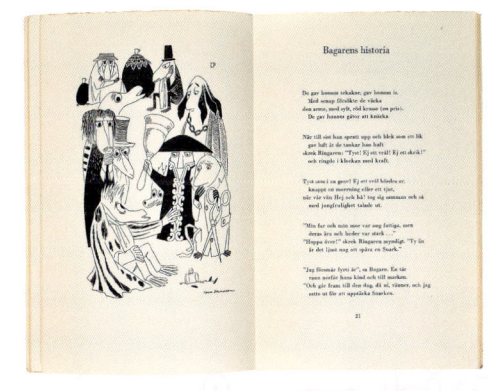

ルイス・キャロル 『スナーク狩り』
スウェーデン語版　1959年　22.0×14.3cm
謎の生物スナークを求め旅する10人がここに。
Courtesy of Boel Westin

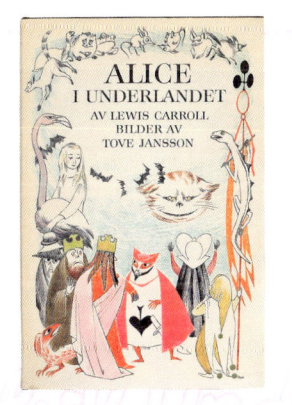

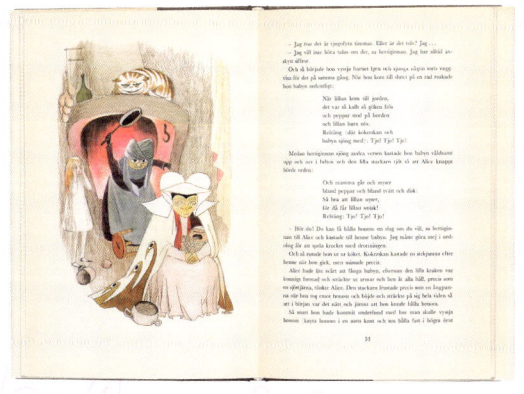

ルイス・キャロル 『不思議の国のアリス』
スウェーデン語版　1966年　23.9×16.1cm
コショウの舞う台所で、猫がニヤニヤ。
Moomin Characters

J.R.R. トールキン 『ホビットの冒険』
フィンランド語版　1973年　20.2×13.5cm
ホビットのビルボはドワーフたちの歌によって冒険心を呼びおこされて……。『指輪物語』の前日譚のための、完成度の高い挿絵。
Moomin Characters

1940年代なかばのトーヴェ・ヤンソン。
画家としての自意識を感じさせる。
Photo: Eva Konikoff / © Per Olov Jansson

# Målare
本職は「画家」だと思っていた？

若いころは具象画を描いていたが、1960年代後半ごろには半抽象から完全な抽象へと画風を変えてゆく。
《うねる波》 1962年 油彩、カンヴァス 68×95cm
Private Collection / © Iove Jansson Estate
Courtesy of Moomin Characters

ヤンソンが生涯で手がけた仕事は大きくわけて、6種類あります。すでにみてきた児童文学、風刺画のほかに、これからご紹介する絵画、そして絵本、マンガ、小説。母シグネ同様、どんな仕事でも100パーセントの力を注ぐ人ですから、どれが本職というのはむずかしいのですが、10代から20代にかけて、ストックホルムの工芸専門学校で美術の基礎を学び、アテネウム画学校では油彩科にすすんだとおり、出発点は画家でした。そして画家であることが、おそらく生涯にわたって彼女のアイデンティティであったのだと思います。

油彩はかなりの点数を描いていて、画風の変遷をたどっていくと、ほぼ3つの時期にわけることができます。最初に影響を受けたのが、印象主義的な絵で、とりわけマティスを崇拝してい

ました。26歳の自画像［61頁］がちょうどそのころですね。つぎに表現主義のような作風［下］に移り、最後には完全な抽象画［左頁］へと進みます。抽象画になるのは1960年代以降で、そのころはすでに、画家というよりもムーミンの作者として名を知られていました。もともと抽象画に否定的だったヤンソンが、遅ればせながら抽象画にとりくむ気になったのは、ムーミンの具象世界とはちがうものを求める気持ちがあったからかもしれません。

かわったところでは、壁画の制作もしています。このタイプの仕事はおそらく、両親の知り合いとか、友人のお父さんとか、スウェーデン語系の人脈をつうじて依頼されたのじゃないか。現在、スウェーデン語系職業訓練学校にあるフレスコ画の大作2点［82〜83頁］は、もと

もとヘルシンキ市庁舎の地下食堂のために描かれたものでした。ヤンソンは1939年にイタリアへ行った際、フレスコの技法を学んでいますから、本場仕込みの腕を発揮したのでしょう。絵の中には自分の姿と小さなムーミントロールが描かれています。また、私は訪れたことがないのですが、ヘルシンキ郊外にあるヒルトンホテルのバンケットルームの天井と壁は、ヤンソンの絵で装飾されています［114頁］。この建物は、もともとスウェーデン

語系企業の代表格である「ファツェル」という大手製菓会社の所有だったそうで、ファツェルは「ガルム」にも毎号のように広告を載せていましたから、ヤ

右頁:《風をうけて》
1965年　油彩、カンヴァス
81×116cm
Private Collection
左:《白の基調》
1968年　油彩、カンヴァス
65×81cm
Private Collection
© Tove Jansson Estate
Photo: Jari Kuusenaho /
Tampere Art Museum Moominvalley

ンソンともつながりがあったのだと思います。ちなみに『小さなトロールと大きな洪水』の挿絵には、ファツェルのお菓子が登場しますよ（巻末付録のムーミン・キャラクター「年とった男の人」参照）。

こうした画家としてのヤンソンの業績を、ムーミンといったん切り離して、当時の西欧・北欧の美術史のなかで捉えなおしたら、どういう評価ができるのでしょうか。ヤンソン自身、自分は画家だと考えていたにもかかわらず、皮肉なことに、この分野の研究がいちばん進んでいません。フィンランドのエリック・クルスコップという研究者が、『画家トーヴェ・ヤンソン』という本を著しているのですが、ひと言でいうと、いつも一歩、時代に遅れてゆく画家、というのが彼の評価なんですね。どうも古い世代の画家に影響さ

れているところがあって、絵としてはわるくないのだけれども、新鮮味に欠ける。それはたぶん、一世代前の画家であったシグネの好みの影響を受けすぎているからだろうと、クルスコップは言います。

私自身、ヤンソンのさまざまな仕事が、彼女のアーティスト人生のなかでどこに位置し、どういうふうに関係し合っているのか、かなり見えてきたつもりなのですが、まだきちんと手をつけられないでいるのが、この画家としてのトーヴェ・ヤンソンなんです。クルスコップの言うとおり、ヤンソンはもしかしたらフィンランドを代表する画家とはいえないかもしれません。しかし、画家としての修業や自負がなければ、あのようなすばらしいムーミンの挿絵がうまれることがなかったのも、また事実だと思うのです。

82

絵も着想も思い浮かばず、
表現の意欲も湧かないとき、
わたしはうろたえてしまう。

トーヴェ・ヤンソン

戦争がおわって2年後に制作された、2点のフレスコ画。もともとヘルシンキ市庁舎にあったが、現在は同市のスウェーデン語系職業訓練学校のロビーを飾っている。
上：あたたかな森で、思い思いにくつろぐ人々。中央には画家本人、左下にはムーミンが！
1947年　フレスコ　204.2×543cm
Courtesy of Arbis／© Tove Jansson Estate
下：こちらにもトーヴェとムーミンの姿が。パーティを楽しむ人々のなか、手前のテーブルでタバコを咥える女性がそれ。ムーミンはグラス横に。
1947年　フレスコ　204.1×486.7cm
Courtesy of Arbis／© Tove Jansson Estate

こんなに愉しい本はない。穴のなかを覗きこめるし、うんと身を縮めれば外も覗ける。

トーヴェ・ヤンソン

# Bilderbok konstnär

## 絵本作家の腕前は？

すると、くらい森も、もうおしまい。
ムーミントロールは、心はずませ、光のなかへ、花のなかへ。
ここらで、ちょっと、ひとやすみ。
「あれれ、なにかが、とびでているよ。まあるいものが、てっぺんに。えんとつ？ へんだぞ、ずいぶん大きい、ママがまってるはずの家」
ムーミントロールは、いいました。花をまたいで、ぴょこんと、とんで、のぼりの坂道、とっとこ、いきます。
それから、なにがあったかな？

訳・冨原眞弓

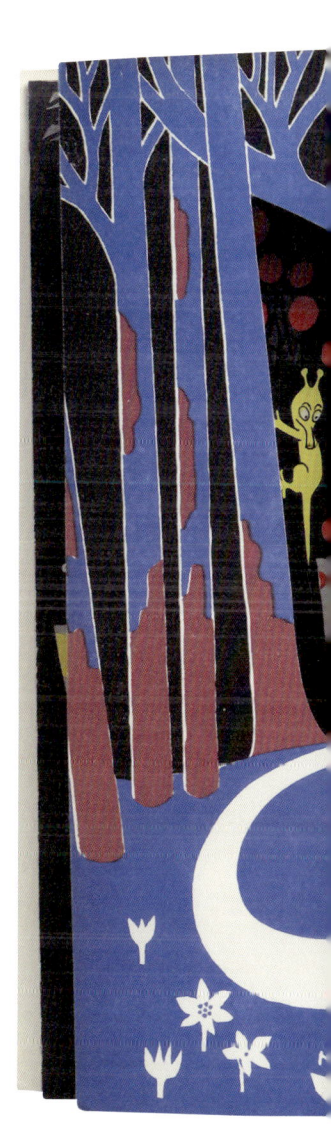

『それから、なにがあったかな？ ミムラとムーミントロールとちびのミイについての本』
Hur gick det sen? Boken om Mymlan, Mumintrollet och Lilla My　1952年
ムーミン絵本の第1弾はページの一部が切り抜かれた仕掛け絵本。
ちいさな動きたちがミイは家路をいそぐのだけれど……。
下から3行目で踊っている文字は「ぴょこんと、とんで」のところ。
The National Library of Finland

『サラとペッレと水の精のタコ』
スウェーデン語版 1933年 21.0×17.6cm
14歳のときに手がけた絵本は、主人公2人が人魚に導かれ、
タコに手を焼く水の精を助けるという冒険譚。
The National Library of Finland

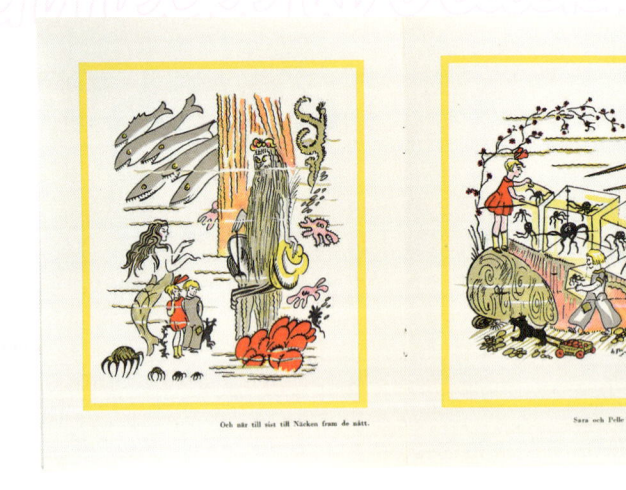

ムーミンものというと、児童文学の9冊が絶対視されがちですが、ヤンソンが絵もストーリーも手がけた3冊の絵本は、たんなる副産物ととらえるのはもったいないくらいよくできています。『それから、なにがあったかな?』(1952年) [左頁上] は小さな子ども向け、『クニットをなぐさめるのはだあれ?』(1960年) [同下] は思春期くらい、『なんでもありのふしぎな旅』(1977年) [88頁上] は思春期から10代後半くらいと、ちゃんと読者が想定されていて、文体はもちろん、絵のスタイルもすべて変えてある。モノクロの挿絵ではなく、色を存分につかって表現したいという画家としての思いもあったと思います。

じつはヤンソンは、14歳のころ、すでに、『サラとペッレと水の精(ネック)のタコ』[上] という絵

『それから、なにがあったかな？』
（邦題『それから　どうなるの？』）
スウェーデン語版　1952年　28.1×20.9cm
表紙にも大きなまるい穴が。右は表紙をひらいたところで、出版社がこの穴をあけましたと書かれている。
The National Library of Finland

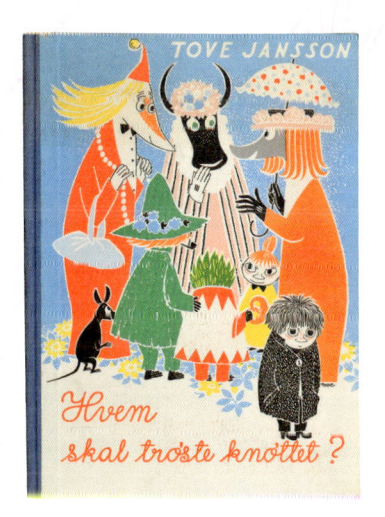

『クニットをなぐさめるのはだあれ？』
（邦題『さびしがりやのクニット』）
ノルウェー語版　1960年　27.9×20.6cm
さびしさに耐えられず、家を飛び出したクニットだけれど、誰にも声をかけられなくて……。
The National Library of Finland

『なんでもありのふしぎな旅』
(邦題『ムーミン谷への ふしぎな旅』)
スウェーデン語版　1977年　28.7×21.0cm
スサンナは退屈な毎日に飽き飽き。みんなめちゃめちゃになれ！と言ったとたんに世界がおかしなことに。
The National Library of Finland

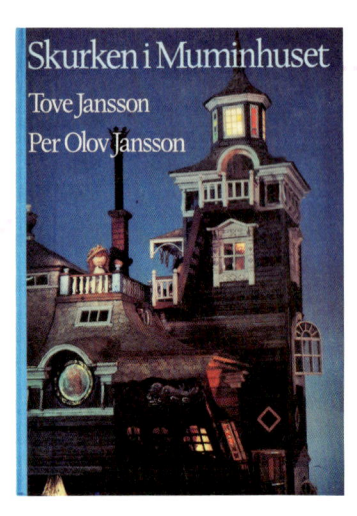

『ムーミン屋敷のならず者』
(未邦訳)
スウェーデン語版　1980年　28.7×20.8cm
ムーミン屋敷がなんだかくさいぞ!?　どうやら犯人は右のページのなかに。立体模型をつかった写真絵本で、弟のペル・ウロフが撮影を担当した、姉弟による共作。
Courtesy of Per Olov Jansson

本をつくっていて、19歳のとき にヴェラ・ハイという筆名で出 版しているんです。まあ内容は 他愛のないものですが、自分で お話をつくり、絵も描くという 情熱が、かなり小さいころから あったことがわかります。

ムーミン絵本のなかでもいち ばん凝っているのは、第1作目 の『それから、なにがあったか な?』で、ページの一部があら かじめ切り抜かれた仕掛け絵本 になっています。内容はムーミ ンがおつかいをたのまれてミル クを買いに行くというもの。結 局持ち帰ったミルクはすっぱく なっていて、はじめてのおつか いは果たせずに終わるのですが、 ミルクは明らかに母親の象徴で すから、ムーミンが乳離れに失 敗する話とも読むことができま す。最後に登場するムーミンマ マの手前には貝殻が描かれ、ま るで愛と美の女神アフロディテ

のよう。そういう理想の女性像 が描かれる一方で、魚釣りをす る女のガフサや、掃除機をかけ るエプロン姿のヘムルが登場し て、ジェンダーの混乱も描かれ ます。あまり分析的に読みすぎ るのもつまらないのですが、こ のころのヤンソンは、精神分析 に興味を持っていたので、そこ で学んだことを意識して盛りこ んでいた可能性は高い。物語の 最初に、ムーミンが坂道を歩い ていくと、煙突が見えてくると いう場面 [84〜85頁] があるの ですが、ページをめくると、じ

つはそれは煙突ではなくてミム ラの娘の頭だったことがわかり ます。一見なにかに見えるもの が、じつはまるで違うなにか だったりするんだよという哲学 的なメッセージもこめられてい る。実験的な内容といい、意表 をつく仕掛けといい、なかなか 高度な絵本だと思いませんか? いつかきちんとした文芸批評の 枠組のなかでヤンソンの絵本論 を書いてみたいですね。

ムーミン屋敷は意外に豪邸!?　右頁の写真絵本で使われた立 体模型は高さ2メートルあまりという迫力。トーヴェ・ヤン ソン、トゥーリッキ・ピエティラ、ペンッティ・エイストラが 制作。ヤンソンがおもに室内を担当。正面からは、こんな ふうに中の様子が見えるようになっています。1976〜79年
Tampere Art Museum Moominvalley

おなじみのスティンキーはマンガから誕生。stink（くさい）に由来する名前のとおり嫌われ役だが、
ときに牧歌的すぎるムーミン谷で、ひとりハードボイルドをつらぬく得がたいキャラ。
Tampere Art Museum Moominvalley

「なぜ会議のために変装するのかしら？」　　「専用のネクタイすらない協会の　　「もう始まってるよ」
「ドロボー協会の会議だからさ、ママ」　　　　くせに？」

「どうだ？　入会するか？」　　　　　　　「なんでもだ。たとえばこんなやつとか」　「うんと控えめなユーレイ会員なら考えても
「まだ決心が……。貧しいひとのために　　　「フィリフヨンカの雌牛！　たいせつに　　いいけど……」
なにを盗むの？」　　　　　　　　　　　　してるのに！」　　　　　　　　　　　　「いいよ。そういうのも必要だ」

# *Skämttecknare*

## ムーミンがマンガに！？

# 『ムーミンママの小さなひみつ』 Club Life in Moominvalley
1957年 訳・冨原眞弓

「レモンジュースでも?」
「ギャングかシューベルトなんか飲むもんか」

「あら失礼! それじゃムーミン、地下室から
ジンジャーエールをとってきてくれる?」
「いらねえよ、そんなもん。
おれらがほしいのは地下室だ」

「そんなことしたら、家がこわれちゃう」
「まぬけ。盗品を隠すのに地下室がいるんだよ」

「金持ちから盗んで、
貧しいひとに与えるの?」
「というより、金持ちから盗むだけさ」

「金持ちだって、ものをもつ権利は
あるわよね? お気に入りが盗まれるのは
きのどくよ……」

「まあ気がむいたら、真夜中に変装して、石切り場に
くるがいいさ」

戦後のヤンソンは、「ガルム」の画家として、それなりに知られてはいましたが、さすがにそれだけで食べていけるほどの収入はありませんでした。1952年、そんな彼女のもとに、ムーミンを連載マンガにしないかという話が舞い込んできます。依頼主はイギリスの夕刊紙「イヴニング・ニューズ」の重役チャールズ・リットン。すでに物語が4冊刊行されていたとはいえ、フィンランドでもさほど売れているとはいえないムーミンが、なぜはるか彼方のイギリス人の目にとまったのか。じつは、イギリスでは1950年に『たのしいムーミン一家』がすでに出版されていました。とある女性教師が趣味で翻訳したものが、運良く世に出たわけですが、これがイギリス人に大受けしたんです。「あの魅力あふれはこうです。サットンの弁

ムーミン谷に火星人あらわる！ これはおそらく小説家でSF好きの弟ラルスの発案。ラルスはネタに困った姉にしばしばアイデアを提供した。
Tampere Art Museum Moominvalley

「UFOが着陸したの？」
「ええ。しかも火星ぼうやの10倍は大きいひとたちよ！」

「この子のパパとママにちがいない」
「感動の再会ね！」

「美しい家族の情景だ……」

「どうしたのかな？」

「わたしたちのことを怒っているのか？」
「ちがうよ。ぼくが勝手にUFOに乗ったことを怒ってるの！」

連載の契約はなんと7年。挿絵や広告の仕事に追われ、画家としての制作に支障をきたしていたヤンソンにとって、1日3〜4コマを描くだけで収入が保障されるこの仕事は夢のようでした。しかしマンガ家としては、ほとんど素人といってよい無名の外国人に対して、当然ながらさまざまな注文がつけられました。原稿は不測の事態に備えるため、半年先まであらかじめ用意すること。内容については、夕刊紙にふさわしい気楽なものであること。王室批判、性や死に関する話はいっさいタブー。展開はすばやく、毎回クライマックスをもうけ、かつ次

る生きものたちを連載マンガの枠に移しかえるならば、わたしたちのいわゆる〈文明化された生活様式〉への風刺として使えるのではないかと思っているのです」。

# 『まいごの火星人』 Moomin and the Martians
### 1957年　訳・冨原眞弓

「署長さんUFO情報だよ！ それもいっぱい」
「情報情報って、いいかげんにしてくれ！」

「これ以上ホームシックの火星人が
ふえたら お手あげだからな！」

「騒ぎがおさまるまで、ここで一服だ！」

「あれがイギリス人かな？」

「おい！ こんな星でも警察ぐらいあるんだろうな？」
「モー！」

「あまり開けた国じゃなさそうだ」
「見て！ うちの息子よ！」

約2年の準備期間を経て、1954年にはじまった連載は、予想以上の反響を呼びました。最盛期にはなんと世界約40ヵ国の新聞に掲載されるほどの勢い。母国にも逆輸入され、ヤンソンは世界的キャラクターの生みの親として、一躍超有名人になります。けれども喜んでばかりもいられませんでした。画業に専念できるという当初の思惑はどこへやら、ネタに困ってはしばしば弟ラルスの力を借り、なんとか窮状をしのぐという日々がつづきます。結局ヤンソンは7年間の契約期間に21話を描きあげると、あとはラルスに託して、あっさり連載から身をひきます。後年になっても、ヤンソン本

回を期待させるような終わりかたに。ヤンソンはこれら英国流のマンガ作法を学ぶため、ロンドンに1カ月滞在したほどでした。

94

原画は失われてしまったが、丁寧な下絵がのこされていて、当初のプランから構図が変更されたことが、掲載ヴァージョン［下］とくらべるとわかる。トーヴェがスウェーデン語で書いたセリフを、弟ラルスが英訳。
Tampere Art Museum Moominvalley

# 『ジャングルになったムーミン谷』 Moominvalley Turns Jungle
1956年　訳：冨原眞弓

「わたしは植物学者のヘムレンです。おたくがジャングルになったと聞きましてな」
「たしかに」

「標本採集をさせていただきますよ」
「ほう？」

「ふさいである納戸はぜったいに開けないでくださいね。危険な人食い植物がいますから」

Tampere Art Museum Moominvalley

左：1978年、トーヴェの弟で写真家のペル・ウロフが撮影した、ラルス（右）とのツーショット。1960年以降の連載は、母シグネの一声でラルスが引き継ぐことに。その後、1975年まで連載はつづけられた。
Photo: Per Olov Jansson

下：描きあげた膨大な原稿をまえに、意味深な視線を交わす作者とムーミン。「もうやめようか」「そうしようか」という会話が、ふたりのあいだにあったかどうか……。
「FIB」第35号　1959年

人は当時をあまり詳しく語ろうとせず、たいへんだったということくらいしか言わないのですが、そこにはマンガは自分の本業ではないという思いもあったのでしょう。しかし本人がどう思っていたかはべつとして、この連載がヤンソンに与えた影響は無視できないものがありました。まず、大量の絵を描くことで絵画技術の腕があがりました。

それからキャラクターの造形も変わります。初期のムーミン物語ではママがエプロンをしていないことをご存じでしょうか？ ママがエプロンを身につけ、パパがシルクハットをかぶるようになるのは、だれがだれだか一目瞭然であることが必要だという、サットンの注文によるものでした。さらにはムーミン物語の方向性も、マンガ連載を境として大きく変わってゆきます。『ムーミン谷の冬』以降、より登場人物の内面に焦点が当てられるようになりますが、そのひとつの要因として、マンガのなかの元気なムーミンとはべつのムーミンを描きたいという作家自身の欲求が挙げられると思います。

絵本同様、ムーミン物語の副産物としてとらえられがちなマンガですが、ずるがしこいけれど憎めないスティンキーのようなオリジナルのキャラクターや、パパとママのなにげない夫婦の会話といったものは、ムーミン物語ではみることができないものです。なによりムーミン物語ではあくまでテキストの挿絵として控えめに登場していたトーヴェ・ヤンソンの絵を"マンガ"では存分にあじわうことができる。こんなうれしいことってありますか？

『ムーミンパパ海へいく』のあとで書きつづけるのはむずかしい。子どもの本を、という意味ですが。

トーヴェ・ヤンソン

1：『彫刻家の娘』
1968年　スウェーデン語版
（以下すべて）
幼き日の作者を描いた自伝的小説。
Tampere Art Museum Moominvalley

# Novellist för vuxna

おとな向けの小説を
書きはじめたのはなぜですか？

何種類かある『彫刻家の娘』のカヴァーデザインのなかで、ヤンソンがもっとも気に入っていたのがこれ。上の弟ペル・ウロフさんの写真で、父ヴィクトルのアトリエとヤンソンの姪である幼いソフィアさんを合成したもの。

もうムーミンが書けなくなったから、というのは半分は正解ですが、半分は間違い。母シグネを失ったことがムーミン物語の終わりの理由であるのは、前に話したとおりですが、一方でヤンソンが表現したいことは、児童文学という枠のなかでは書ききれないほど内面化してきていました。

私は『聴く女』以降の小説を「ポストムーミン」と呼んでいるのですが、このなかでは、孤独や老い、芸術家のエゴといった、ムーミン物語のなかでは抑えられていた、人間の精神の暗部が、これでもかというくらい描かれます。

ただ、ポストムーミンの小説はムーミンの世界と確実につな がっています。文体や語彙にしても、ムーミン物語の冬のシリーズとおとな向けの小説には、じつはほとんど違いは見られない。たとえば『太陽の街』の舞台はアメリカの老人だけが住む小さな街なのですが、『ムーミン谷の十一月』のスクルットおじさんみたいな老人が、たくさん出てきます。ヤンソンは子どもと老人を描くのがとてもうまい。ついでに言うと、若者や中年はいささか薄っぺらい印象です。それはおそらくヤンソン自身が、長いこと子どものままで、あるとき突然おばあさんになった人だからじゃないかと思うんです。母親を亡くしたとき、ヤンソンはついに子ども時代を卒業せざるを得なかったわけですが、そのときすでに50代なかば。気づいたら中年も終わろうとしていました。

ポストムーミンのなかには、

2：『聴く女』 1971年 おとな向け初の小説集。幻想や妄想にとりつかれた人々が登場する。The National Library of Finland 3：『夏の本』 1972年 邦題は『少女ソフィアの夏』。母と弟ラルスの娘ソフィアとがモデル。Moomin Characters 4：『太陽の街』 1974年 老いとは？ 孤独とは？ 老人だけが暮らす小さな街を舞台に、生きることのよろこびと挫折を描く。 5：『人形の家』 1978年 ものごとに偏執し、正気と狂気の境があやうくなってゆく人々の物語。The National Library of Finland 6：『誠実な詐欺師』 1982年 境遇も性質も異なるふたりの女性。強烈な個性ゆえに葛藤が生まれ……。The National Library of Finland 7：『石の原野』 1984年 仕事でも私生活でも自在に言葉を操ってきた男が、ある人物の伝記にとりくむうちに言葉を失ってゆく。

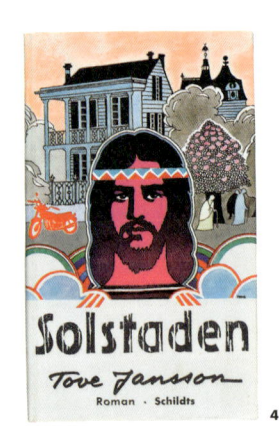

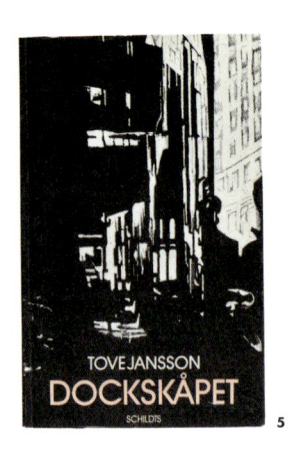

ほかにも変わった人が続々と登場します。つい、こんな人いるわけがないと思ってしまうのですが、これがムーミン物語だと、たとえばフィリフヨンカが突然おかしなことを口走っても、あまり違和感はない。それはやっぱり絵の説得力が大きいからだと思うんですね。それなのにヤンソンは、どんな小さな挿絵さえ描かなかった。ムーミンをやめて、おとな向けの小説ではべつの仕事に挑戦するというだけでもすごいのに、自分のもうひとつの武器である絵さえ捨てたのです。目が悪くなったことも原因ですが、おそらくこれからは語ることを極めようと決めたのではないか。挿絵の魅力に支えられたムーミン物語とくらべると、たしかにポストムーミンは一般的な訴求力には欠けるかもしれません。しかし、さきほども言ったように、その内容

8:『軽い手荷物の旅』 1987年 仕事も家庭も捨て、船旅に出た男……。ユニークな旅人たちを描いた短篇集。The National Library of Finland
9:『フェアプレイ』 1989年 性格のまったく異なるふたりの芸術家の会話と日常をスケッチ。The National Library of Finland　10:『クララからの手紙』 1991年 短い手紙のみから、クララの人物像を浮き彫りにする表題作ほか。The National Library of Finland　11:『島暮らしの記録』 1996年 作者が後半生をすごした小さな孤島の暮らしとは？ 自由で冒険に満ちた、夏の日々を綴ったエッセイ。　12:『伝言』（一部未邦訳） 1998年 最後の小説集であり、旧作を編んだ自選集でもある。晩年のヤンソンは物語性をぬぎすて、言葉にたいしてよりストイックになっていった。

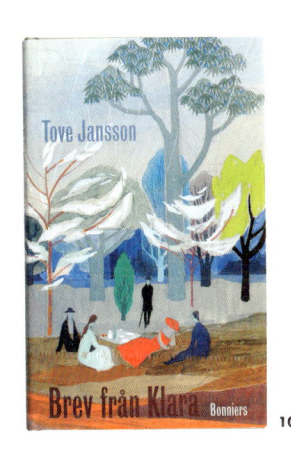

はムーミンの世界の発展形でもある。おとな向けの小説を、ざひ絵のないムーミン、ムーミンの出てこないムーミンだと思って読んでみてください。おもしろい発見があるかもしれません。

シモーヌ・ヴェイユの哲学とトーヴェ・ヤンソンの文学。このふたつの研究対象が自分にあることを、とても幸せに思っています。フランスの哲学者であるシモーヌ・ヴェイユは20歳のころから好きだったのですが、ヤンソンに出会ったのはずっとあと、30代になってからでした。きっかけはすでにお話ししましたが、じつはそのころ、私はこの先ヴェイユ研究をつづけていいのか迷っていました。ヴェイユは34歳で亡くなるまでにあれだけのことを成しとげたのに、自分はたいしたこともせずにうかうかと生き延びてしまったという思いに、傲慢にもとらわれていたのですね。ヴェイユは自分にも他人にも要求が高く、理想の人間像というものをしっかりもっていました。だから彼女と向きあっていると、その偉大さに圧倒され、だめな自分が責められているようでつらかったのです。

そんな私にヤンソンの作品は、世の中にいろんな人がいていいし、いろんな生き方があっていいんだよということを教えてくれた。もちろんヤンソンだって、ある意味で非常に厳しくて怖い人なんですが。いまはヴェイユをしばらくやったらヤンソンに行き、ヤンソンをしばらくやったらヴェイユに戻るというふうに、両者のあいだを往復することに決めています。私にとってはどちらかだけではだめで、ふたりとも必要な人なのです。

1989年の夏にヤンソンという作家をはじめて意識して、翌年の2月には英語いちチューリップを贈りました。さらに翌日、ホテルのカフェで待ち伏せて、さっと挨拶だけしました。「トミハラです、日本のテレビ局の人にプレゼントされたというちゃんちゃ

の小説を翻訳したい、と。いま思うとなんでそんな向こう見ずなことができたのか自分でもわからないのですが。まだスウェーデン語は話せませんでしたから、英語で。ほんのふたことみこと言葉を交わしただけですけれど、「夏に来なさい」といってくれたのを、また真に受けて、それで本当に夏にヘルシンキに行きました。ホテルに着くなり本人から電話があって「いまから行くわ」と。日

彼女の来日時期は外出も控え、ひたすら待機していたんですが、待てど暮らせど連絡がこない。そこで自分から行動に出ることにしました。まず宿泊先をつきとめて、黄色

うしたら、来月、日本に行くので会いましょうと返事がきたんです。まさに欣喜雀躍（きんきじゃくやく）

覚えていますか？」って。まだスウェー

## Tove och jag
### トーヴェ・ヤンソンと私
### 雷、のち晴れ

冨原眞弓

ン物語の版元である講談社からクレームが来たんですね。ああ、怒らせてしまったと思ってちこんでいたら、なにを思ったか、しばらくして先方から『彫刻家の娘』の新訳をやらないかという話が来たんです。ヤンソンに手紙を書いたころから、独学でスウェーデン語を勉強しはじめていたものの、あれよあれよと話がすすみ、1991年11月には出版されてしまった。ヤンソンから翻訳の参考にと、英訳のコピーをもらっていたとはいえ、いま考えると冷や汗ものです。

その後も年に1回くらいの割合でヘルシンキにヤンソンをたずねましたが、私は作家ということは理解できる。そのことはいいことじゃないかと思う」。翻訳者冥利に尽きるじゃありませんか。私が勝手にひとりでしゃべりつづけてきたことが、彼女にちゃんと伝わっていたってことですよ

ね。私がヤンソンからもらったもののなかで、この言葉がだからいちばん大切なものです。[談]

んこを着てあらわれたので、ちょっとびっくりしましたが、そのままホテルで食事をして、「明日はうちに来なさい」と言ってくれたので、有頂天でアトリエをたずねました。ところが、このときなにかの拍子に逆鱗にふれて、「私の本を翻訳するなんて、できもしないことをえらそうに言うな!」と雷をおとされたんです。怖いですよ、怒ったヤンソン。半泣きになりながら、ああもうだめだと思っていたら、帰り際に、明日は何時に来るのって聞くんですね。それで結局ヘルシンキに滞在した約1週間、毎日アトリエに通いました。たぶん、あの1週間、私は面接されていたのだと思います。それから最初の翻訳が実現するまでが早かった。ある雑誌にムーミン物語についての文章を発表したとき、そこでまちがったことを書いてしまって、ムーミンからいつも、私が作品につい

て一方的に感想を伝えるという感じでした。

いちばん好きなヤンソンの小説は、『誠実な詐欺師』です。人と人が近づきすぎると必ず傷つくのだけれども、逆に言えば、傷つかないような人間関係には意味がない。読んだとき、そういうことを言いたい小説だと感じました。まさに我が意を得たりという思いを、ヤンソンにむかってとうとうと語ったこともあります。あるとき『誠実な詐欺師』の原書に、ヤンソンがメッセージを書いてくれたんです。「私は日本語は理解できないけれど、あなたが私の書いたことを理解していると

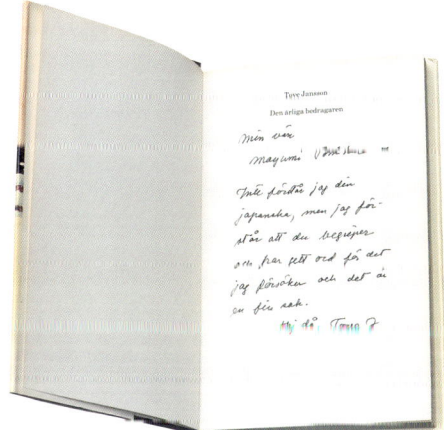

もっとも好きな小説『誠実な詐欺師』の原書。ヤンソンの直筆のメッセージつき。現在、翻訳はちくま文庫に収録、文庫化にあたって大幅な改訳をほどこしたほど思い入れが強い。

# Följa med Jove
トーヴェの足跡をたどって
フィンランドの島々とヘルシンキ

フィンランド湾にうかぶ岩の孤島クルーヴ島(ハル)。
トーヴェ・ヤンソンは1964年秋、親友のトゥリッキ・
ピエティラとともに、手づくりの小屋をこの島に建て、
1991年までの毎夏を過ごした。

1969年、島の西の高台に立つヤンソン。〈小屋を建てるなら岩場の上に高くそびえさせるべきだ〉。そう書きながらしかし、もっとも高いこの場所は、航路標識にゆずらざるをえなかった。
Photo: Per Olov Jansson / Courtesy of Moomin Characters

# Klovharu, en liten utopi

## クルーヴ島
### 海のうえの小さなユートピア

母シグネが羊皮紙に描いたクルーヴ島の地図。中央の赤く塗られたところが小屋で、右の湖のようになったところはgloet（溜り水）と呼ばれ、ヤンソンはここで泳ぐのが好きだった。『ムーミンパパ海へいく』でパパが夢中になった黒池を思わせる。小屋の西側は高台になっており、航路標識とじゃがいも畑がある。
Courtesy of Per Olov Jansson / ©Tove Jansson Estate

## あげくにクルーヴ島に辿りついた。ふたつに割れた万力島（クルーヴハル）。ここに住もうと決めた。

トーヴェ・ヤンソン

ヘルシンキから長距離バスで古都ポルヴォーへと出て、さらに車で1時間ほど、そこからボートに揺られていくと、沖合に岩だらけの島がみえてくる――。

フィンランド湾にうかぶクルーヴ島をトーヴェ・ヤンソンが借りたのは、1964年のこと。1991年に体力に不安を覚えて島をひきあげるまで、30回近くの夏をここで過ごした。島の面積は6000〜7000平方メートルで、ヤンソンいわく「1周するのに8分もかからない」。

島探しや小屋が建つまでの経緯をくわしく記した『島暮らしの記録』（1996年）によれば島ではヤンソンと、ともにここで暮らすことになる親友のトゥリッキ・ピエティラのほかに、助っ人2人がくわわり1964年の秋と翌春の2回にわたって小屋づくりの作業がすすめられた。しかし秋は思うように仕事

> 小屋には窓が四つ必要だ。どの壁にもひとつずつ。南東の窓は、島を横切ってずんずん迫る大嵐を眺めるために確保したい。
>
> トーヴェ・ヤンソン

小屋のなかには、さほど広くないワンルームと、地下室。部屋の4つの壁にはひとつずつ窓があるが、理由は「どの方角の眺めも捨てがたかったから」。木製の棚や箱は、木工が得意だったピエティラがつくった。ヤンソンは石の仕事を担当し、薪小屋の壁や石段をつくった。ピエティラの父は木組み職

がはかどらない。短い夏がおわるとたちまち風はつよく、波はこまれてしまってもおかしくないようなたよりなさだ。『島暮らしの記録』のなかには、前の年に薪小屋にためておいた薪が、つぎの春に来てみたら、波にさらわれてきれいさっぱりなくなっていたというエピソードがある。島には電気がない。ついでに言えばガスも水道も。

おこったら、そのまま海にのみこまれてしまってもおかしくないようなたよりなさだ。高くなり、島への上陸がむずかしくなるからだ。
遠目にみたクルーヴ島は、海の中にぽつんと浮かぶ、まさに孤島。『ムーミンパパ海へいく』でムーミン一家がピクニックへ出かけた島[27頁]、とまでは言わないけれど、もし嵐が

ヤンソンとピエティラが自分たちで建てた小屋。右手前がヤンソンの仕事机を兼ねたダイニングテーブル、テーブルの向こうにキッチンスペースがある。左の窓際にあるのがピエティラの作業机。直角に置かれたふたつの小さなベッドの上には本棚がつくりつけられている。

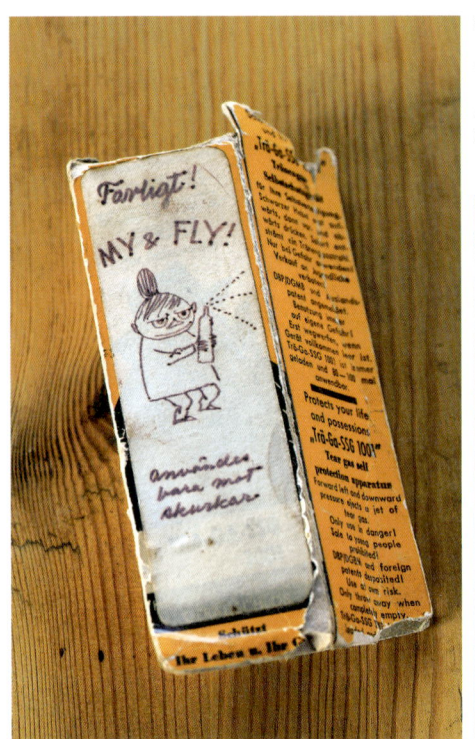

**右上**：ヤンソンたちのものとは断言できないが、小屋にはさまざまなものがのこされている。たとえば使いこまれたトランプ。　**右下**：キッチンスペースにあったカラフルなタイルのモザイク。鍋敷きだろうか。　**左上**：こちらはなんと催涙スプレー。ちびのミイはヤンソンの手描きだろうか。「悪者にのみ、つかうべし」と書かれたラベルが貼ってある。

ヤンソンが島を借りて暮らすのは、ここがはじめてではない。それどころか、海と島は少女のころからの欠かせない場所だった。夏になるとヤンソン一家はかならず島へ出かけた。彼女がまだ幼いころは母シグネの故郷スウェーデンの、ブリデー島へ。6歳の年からは、知り合いのグスタフションさん一家が所有する建物を借りて、32の年まで

人で、ヤンソンの父は彫刻家だった。島でのふたりの暮らしを記録したドキュメンタリー映像がのこされているのだが、ピエティラは薪を割ったりテントを張ったりといそがしい。しかもどの作業もおそろしく手際がよい。ヤンソンはというと、こちらはいつも、ほんとにいつも踊っている。たったひとりで、とても愉快そうに。

右：小屋の本棚にはムーミン物語も。蔵書票は母シグネによるもので、「クルーヴ島」と書かれている。　左：窓辺のメモ書きには訪問者へのメッセージが。「小屋の鍵はドアの上にかかっていますから窓を壊さないでください。窓はあけたらしめてください」。上の半分がフィンランド語で、下がスウェーデン語。スウェーデン語の筆跡はおそらくトーヴェ。

ペッリンゲの島々で毎夏を過ごしていたもの、と慎重にモデルさしの矛先をかわすクルーヴ島という陸地からはるか離れた小島を探すことにした。どちらの記憶も、ムーミン物語の世界にちゃんと生かされている。

『ムーミンパパ海へいく』でムーミン一家が移住する灯台のある島は、本に収められた地図［36頁］によれば、フィンランド湾にある。発表されたのが1965年だから、どうしてもクルーヴ島を連想してしまうが、作者自身はあれはスペインで書いた島に人があふれて、なんだか落ち着かなくなったからだという。クルーヴ島でムーミン物語が書かれることはなかったかもしれないけれど、そのかわりに、数多くのおとな向けの小説がここで生まれることになる。

島にトゥリッキとふたりきりでいると口数が減る、と『島暮らしの記録』にヤンソンは書く。でも彼女は、孤独は最高の贅沢だと知っていた人だから、それもわるいことじゃないと思っていたはずだ。1985年のインタヴューではこう語る。

「いまのわたしになにかおすすめできることがあるとしたら、それは住所のない島に住むことです。トロールくらいなら棲んでいてもいい。うんと小さなトロールならばね」［編集部］

> 島と総称されるものに
> 名前はこと欠かない。
> 小島、岩礁、島、岩島、絶壁島と。
> ホルメ　シャール　ハル　コッペ　クラック
>
> トーヴェ・ヤンソン

# Pellinge Skärgård
## ペッリンゲの島々
### ものがたりが生まれた場所

ヘルシンキから東に50キロほど、フィンランド湾沖に広がる小さな岩だらけのペッリンゲ群島はトーヴェ・ヤンソンが子どもの頃から後年クルーヴ島からひきあげるまで、毎年のようにおとずれた場所。ゆかりある島々には、ムーミン物語やのちの小説世界を彷彿とさせる光景が広がる。

上：クルーヴ島の小屋の前で工作中のトーヴェ（右）とトゥーリッキ・ピエティラ。
Photo: Per Olov Jansson

中：空から見たクルーヴ島。ほんとうにちっぽけな島の上に輪をかけてちっぽけな小屋が。手前の岩の裂け目が島の入り口。
Photo: Per Olov Jansson

下：島で誕生日を迎えたトーヴェ。
Photo: Per Olov Jansson

**1：ブリデー島（スウェーデン）**
Blidö
ストックホルム近郊のアーキペラゴ（多島海域）にある島。母方の祖父母の別荘があり、子どもの頃の夏を親戚と過ごした。

**2：リョードホルム**
Rödholm
1921年、家族で過ごす。

**3：ペッリンゲ本島 エーディスビーゲン**
Suur-Pellinki Eidisviken
1922年、知り合いの一家から別荘を借り、以後、家族で毎夏を過ごす。

**4：サンシャール**
Sandskär
1931年頃（?）、初めて自分の小屋を弟ラルスと建て、夏のあいだしばしばそこでひとりで過ごした。

**5：ラクスヴァルペット**
Laxvarpet
子どもの頃、赤い屋根にキャンバス地の天幕、木の床という異国情緒溢れる小屋を建てた、という。ペッリンゲ群島誕生の地といわれる島。

**6：ニッティスホルメン**
Nyttisholmen
子どもの頃、家族で訪れた島のひとつ。

**7：トゥンホルメン**
Tunnholmen
子どもの頃、家族で訪れた島のひとつ。13歳の時、この島で嵐に出会った体験が日記に描かれている。

**8：グロスホルム**
Glosholm
子どもの頃、家族で訪れた島のひとつ。この島の高い灯台にひとりで登った経験が『ムーミンパパ海へいく』に活かされたという。

**9：クンメル岩礁（クンメルシャール）**
Kummelskär
トーヴェによればペッリンゲ群島のなかでもっとも大きく美しい無人の島。子どもの頃に訪れ、ここの灯台守になりたいと憧れつづけた。度々移住を試みるが実現せず。

**10：クルーヴ島（クルーヴハル）**
Klovharun
ムーミン人気に伴い、それまで毎夏を過ごしていた島を訪れる人が多くなったため、1964年、ピエティラと静かに暮らす場所をと移り住んだ。

*地図と島の名前の欧文表記はフィンランド語です。

# Helsingfors, en älskad stad

## ヘルシンキ
### 生涯を過ごした街

> わたしたちはスカット岬のロッツ通り4番地Bに住んでいる。パパのアトリエはとても大きい。
> ——トーヴェ・ヤンソン

トーヴェ・ヤンソンは旅を愛し、島暮らしを愛したが、同時に生粋のヘルシンキっ子だった。スカット岬のアトリエの家に生まれてから、ふたつの学校へ通い、独立してアトリエを構え、亡くなるまで——ずっと、ホームグラウンドはヘルシンキだった。その生涯の足跡は市内の歩いてまわれるほどの範囲に点在している。

地図ラベル:
- 16 アウロラ病院（壁画）
- 9 ウルヘイル通り18番地のアトリエ
- オリンピック競技場 Olympia-stadion
- 5 芸術家の家「ラルッカ」
- 7 クリストゥス教会近くのアトリエ
- 10 トーリョン通り14番地の下宿
- 18 カイサニエミ公園（父の彫刻）
- 植物園 Kasvitieteellinen puutarha
- 4 アテネウム画学校
- 17a エスプラナーディ公園（父の彫刻）
- ヘルシンキ中央駅 Helsingin päärautatieasema
- 11 ウニオニ通り28番地
- 国会議事堂 Eduskuntatalo
- KAMPPI
- 2 ウスペンスキ大聖堂
- 14 スウェーデン語系職業訓練学校（フレスコ画）
- 1 ロッツ通り4番地の生家
- 8 ヴァンリッキストーリ通り3番地のアトリエ
- 17b エスプラナーディ公園（父の彫刻）
- 12 ウッランリンナ通りのアトリエ
- 3 ブロベルグ小中学校
- 6 タハティトル通りのアトリエ

**1：ロッツ通り4番地の生家**
住所：Luotsikatu (Lotsgatan) 4
生家。19歳まで家族と暮らす。

**2：ウスペンスキ大聖堂（ロシア教会）**
Uspenskin Katedraali (Uspenskij-katedralen)
住所：Kanavakatu (Kanalgatan) 1
この周辺が子どもの頃の遊び場で、特に教会はトーヴェのお気に入りだった。

**3：ブロベルグ小中学校**
Brobergska Samskolan
住所：Korkeavuorenkatu (Högsbergsgatan) 23
7歳（?）から15歳まで通った共学の学校。学校は大嫌いだったが、後半生を過ごすこととなるアトリエのすぐ近く。現在はデザイン博物館（Designmuseo）になっている。ロッツ通りの自宅から歩いて通った。

**4：アテネウム画学校**
Ateneum
住所：Kaivokatu (Brunnsgatan) 2
父ヴィクトルも通った美術学校で、19歳から4年間通う。現在は、国内最大の国立美術館（アテネウム美術館）になっており、19世紀以降の国内外の絵画を展示している。トーヴェの回顧展も開催された。

**5：芸術家の家「ラッルッカ」**
Lallukka
住所：Apollonkatu (Apollogatan) 23
1933年、ロッツ通りの家から一家で引越した。芸術家のための共同アパートメント。

**6：タハティトル通りのアトリエ**
住所：Tähtitorninkatu (Observatoriegatan)
1936年（21歳）にアテネウムの友人4人と共同のアトリエを借りる。

**7：クリストゥス教会近くのアトリエ**
Kristuskirkko (Kristuskyrkan)
住所：Apollonkatu (Apollogatan) 5
1936年、半地下の部屋を初めての自分専用のアトリエとして借りる。

**8：ヴァンリッキストーリ通り3番地のアトリエ**
住所：Vanrikki Stoolinkatu (Fänrik Ståls gatan) 3
1937年9月（23歳）から翌年パリへ行くまで暮らす。1940年の4月より、ウッランリンナ通りのアトリエへ越すまで拠点にしていたようだ。

**9：ウルヘイル通り18番地のアトリエ**
住所：Urheilukatu (Idrottsgatan) 18
1939年9月（25歳）に入居する。

**10：トーリョン通り14番地の下宿**
住所：Töölönkatu (Tölögatan) 14
1939年11月に下宿する。

**11：ウニオニ通り28番地**
住所：Unioninkatu (Unionsgatan) 28
1943年10月（29歳）、初めての個展をひらく。

**12：ウッランリンナ通りのアトリエ** ⇨ p54-59
住所：Ullanlinnankatu (Ulriksborgsgatan) 1
アテネウムに入学してからの20代は、市内のアトリエを転々とするが、最終的に1944年、30歳のときに出会ったこのアトリエに落ち着く。2001年に亡くなるまでの半生を過ごす。

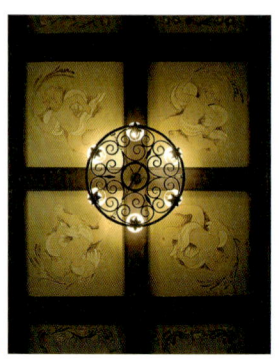

**13：ヒエタニエミ墓地**
Hietaniemen hautausmaa
(Sandudds begravningsplats)
住所：敷地内 Vanhaalue 15-10-6
父母とともに眠る墓。墓石の彫刻はヴィクトルの作。ヘルシンキ西岸の広大な墓地にある。

**14：スウェーデン語系職業訓練学校（フレスコ画）**
Svenska arbetarinstitutet ⇨ p82-83
住所：Dagmarinkatu (Dagmarsgatan) 3
もとはヘルシンキ市庁舎にあったフレスコ画が、移転してこちらのロビーに飾られている。
www.arbis.hel.fi/
Courtesy of Arbis / © Tove Jansson Estate

**15：ヒルトンホテル・バンケットルーム（天井画・壁画）**
Hilton Helsinki kalastajatorppa hotel
住所：Kalastajatorpantie (Fiskartorpsvägen) 1
もとは製菓会社所有の建物。2000年頃に防音壁をはがしたところ、天使の天井画が発見された。戦後の一時期、ヤンソンはこの建物の2階に住まわせてもらったことがあり、壁の絵はその家賃がわりだったともいわれるが、詳しいことはわかっていない。
Courtesy of Hilton Helsinki kalastajatorppa hotel
© Tove Jansson Estate

**16：アウロラ病院（壁画）**
Auroran sairaala (Aurorasjukhuset)
住所：Nordenskiöldinkatu (Nordenskiöldsgatan) 20
1956年、診察室の天井や階段の壁にムーミンのキャラクターたちが描かれた。当時は小児病院だったが、現在は精神病院になっている。
Courtesy of Aurora Hospital

**17：エスプラナーディ公園（父の彫刻）**
Esplanadi (Esplanaden)
住所：Esplanadi (Esplanaden) 内
ヘルシンキ市民が憩う公園には、父ヴィクトル作の噴水が二つある。右は《わぁ！ 波乗りだ》1940年。公園近くのビルの中庭にも作品が。《人魚》1941年［左］。

**18：カイサニエミ公園（父の彫刻）**
Kaisaniemen Puisto (Kajsaniemiparken)
住所：Kaisaniemen Puisto 内
トーヴェがモデルの、父ヴィクトルによる彫刻が、国立劇場のすぐ裏手にある。

**19：テウヴァ教会（祭壇画）**
Teuvan kirkko
住所：Porvarintie 44, Teuva
ヘルシンキから300キロほど北西、セイナヨキ郊外の町テウヴァの教会にトーヴェが制作した祭壇画がある。幅5m、高さ1.5mほどの《10人の処女》という作品で、1953年、教会の再建にあわせ依頼された。
www.toveteuvalla.fi/ja/etusivu

＊p112-115の地図と場所名、住所の欧文表記はフィンランド語です。( ) 内はスウェーデン語表記を示します。ただし3と14の名称はスウェーデン語です。

＊旧アトリエは外観のみ、内部は見学できません。他の場所も一般公開していない場合があります。訪問の際は事前にHPや観光局などで見学方法をご確認下さい。

## トーヴェとムーミンを
## もっと知るために

### 20：タンペレ市立美術館　ムーミン谷博物館
Tampereen taidemuseon Muumilaakso
住所：Puutarhakatu 34, Tampere
電話 +358（0）3 5656 6577

約2000点のトーヴェ・ヤンソンの作品が収蔵されている博物館。自分の死後、ムーミンの原画がどうなるかを気にかけていたトーヴェだが、偶然タンペレ市関係者にその話が伝わり、タンペレ市美術館が引き受けることになった。ムーミン物語の原画の他にも「ガルム」の原画や油彩、マンガの下絵、『不思議の国のアリス』の挿絵原画なども。原画以外の目玉は、高さ2メートルにも及ぶムーミン屋敷[89頁]。2014年4月現在は仮の場所で展示されているが、今後移転予定。
muumilaakso.tampere.fi/ja/museo/
Photo: Jari Kuusenaho / Tampere Art Museum Moominvalley

### 21：ムーミンワールド
Muumimaailma
住所：Tuulensuunkatu 14, Naantali
電話 +358（0）2 511 1111

フィンランド南西部、古都トゥルク近郊のナーンタリにあるテーマパーク。小さな島にまるごとムーミン物語の世界が再現されており、ムーミンハウスや水あび小屋、劇場などがある。夏期と冬の数日間のみのオープン（年によって異なるので期間はHPなどで確認を）。
www.muumimaailma.fi

# Biografisk sammanfattning
## トーヴェ・ヤンソン
### 彫刻家の娘の生涯　1914 - 2001

**1914　0歳**
8月9日、ヘルシンキに生まれる。本名はトーヴェ・マリカ・ヤンソン。彫刻家の父ヴィクトル・ヤンソンはスウェーデン語系フィンランド人、挿絵画家の母シグネ・ハンマルステン・ヤンソンはスウェーデン人。トーヴェ自身も生涯、スウェーデン語をもちいた。

**1920　6歳**
弟ペル・ウロフ誕生。夏、ポルヴォー近くのペッリンゲ群島に滞在する。以後、場所を移しながら、1991年まで毎夏をこの地で過ごした。【110〜111頁】

**1926　12歳**
弟ラルス誕生。

**1928　14歳**
「ユーレン」誌にはじめて挿絵が掲載される。

**1929　15歳**
学校を中退。スウェーデン語系の政治風刺雑誌「ガルム」で挿絵を担当。1953年の廃刊まで常連画家として活躍。

**1930　16歳**
ストックホルムの叔父のもとに寄宿。母の母校であるストックホルム工芸専門学校に1933年まで通う。

**1932　18歳**
絵日記に「ムーミントロール」の名前が登場【42頁】。

**1933　19歳**
初の絵本『サラとペッレと水の精（ネック）のタコ』刊行【86頁】。制作は1928年だった。ヘルシンキにある父の母校アテネウム画学校に入学。のちに油彩科へ進み、1937年に修了【113頁4】。

**1938　24歳**
パリの美術学校で学ぶ。

**1939　25歳**
イタリア各地を旅しながら絵画修業。戦争の激化につれ、絵がかけなくなる。かわりにムーミントロールを主人公にした最初の物語「小さなトロールと大きな洪水」に着手。

**1943　29歳**
ヘルシンキで初の油彩個展

**1944　30歳**
「ガルム」にムーミンの原型「スノーク」が登場【44頁】。

**1945　31歳**
ムーミン物語第1作『小さなトロールと大きな洪水』刊行。

**1946　32歳**
ムーミン物語第2作『彗星を追って』（邦題『ムーミン谷の彗星』の初版）刊行。

**1947　33歳**
ヘルシンキ市庁舎にフレスコ画2点を制作【82〜83頁】。「ニィ・ティド（新時代）」紙にマンガ「ムーミントロールと地球の終わり」を連載。

**1948　34歳**
ムーミン物語第3作『魔法つかい（トロールカルレ）の帽子』（邦題『たのしいムーミン一家』の初版）刊行【84〜89頁】。

**1950　36歳**
ムーミン物語第4作『ムーミンパパのほら話』（邦題『ムーミンパパの思い出』の初版）刊行。『魔法つかいの帽子』がイギリスで出版され評判に。

**1952　38歳**
イギリスの夕刊紙「イヴニング・ニューズ」から7年契約でムーミンの連載マンガの依頼

**1954　40歳**
ムーミン物語第5作『なんでもありの夏まつり』（邦題『ムーミン谷の夏まつり』の初版）刊行。9月「イヴニング・ニューズ」紙でムーミンのマンガ連載開始。このころグラフィックアーティストのトゥリッキ・ピエティラと親交を深める。

**1955　41歳**
連載マンガがスウェーデン、デンマーク、フィンランドの新聞に登場。最盛期には40カ国、120紙に掲載。

**1956　42歳**
『彗星を追って』の改訂版『彗星を追うムーミントロール』および『ムーミンパパのほ

【90〜95頁】。最初のムーミン絵本『それから、なにがあったかな？』（邦題『それから どうなるの？』）刊行

【54〜59頁／113頁12】。

トックホルム工芸専門学校に1933年まで通う。

キ市内のアトリエに引っ越す

**1957** 43歳　ムーミン物語第6作『トロールのふしぎな冬』（邦題『ムーミン谷の冬』）刊行。ヘルシンキのアウロラ小児病院にムーミンの壁画を制作【114頁16】。『魔法つかいの帽子』の一部改訂版を、それぞれ話」の刊行。重版の際に手直しする。

**1958** 44歳　夏至祭の日に父ヴィクトル死去。

**1959** 45歳　「イヴニング・ニューズ」紙との契約終了。マンガ連載は翌年から弟ラルスが引き継ぎ、1975年までつづく。ピエティラと共にギリシア、パリを旅行。以降、ふたりはたびたび旅に出かけた。

**1960** 46歳　ムーミン絵本第2作『クニットをなぐさめるのはだあれ？』（邦題『さびしがりやの クニット』）刊行【87頁】。

**1962** 48歳　ムーミン物語第7作『姿のみえない子とその他の物語』（邦題『ムーミン谷の仲間たち』）刊行。

**1964** 50歳

**1965** 51歳　ペッリンゲ群島沖の小さな岩礁クルーヴ島（ハル）に、ピエティラと小屋を建てはじめる翌年にかけて世界一周旅行。【102〜110頁/111頁10】

**1966** 52歳　ムーミン物語第8作『パパと海』（邦題『ムーミンパパ海へいく』）刊行。クルーヴ島でのはじめての夏。以降1991年まで毎夏をここで過ごした。

**1968** 54歳　国際アンデルセン賞を作家部門で受賞。

**1969** 55歳　日本でテレビアニメ『ムーミン』放映（〜1972年まで）。

**1970** 56歳　6月、母シグネ死去。ムーミン物語第9作『十一月も終わるころ』（邦題『ムーミン谷の十一月』）刊行。シリーズ最終作となった。

**1971** 57歳　短篇小説集『聴く女』刊行。弟ペル・ウロフ【88頁】。

**1972** 58歳　ヤングアダルト向けの小説『彫刻家の娘』刊行【88頁】。

**1974** 60歳　ヤングアダルト向けの小説『夏の本』（邦題『少女ソフィアの夏』）刊行。

**1976** 62歳　小説『太陽の街』刊行。友人ペンッティ・エイストラ、ピエティラとともにムーミン屋敷の模型制作（1979年完成）【89頁】。

**1977** 63歳　ムーミン絵本第3作『なんでもありのふしぎな旅』（邦題『ムーミン谷への ふしぎな旅』）刊行【88頁】。

**1978** 64歳　原稿類をトゥルクのオーボ・アカデミー大学に寄贈。同大学より名誉博士号を授与される。短篇小説集『人形の家』刊行。ポーランドとオーストリアの合作で、ムーミンのパペットアニメーション制作。

**1980** 66歳　写真絵本『ムーミン屋敷のならず者』（未邦訳）刊行。撮影はクルーヴ島からひきあげる。

**1982** 68歳　小説『誠実な詐欺師』刊行。

**1984** 70歳　小説『石の原野』刊行。このころ、油彩の制作をやめる。

**1986** 72歳　タンペレ市立美術館にムーミンの原画などを寄贈。翌年、タンペレ市立図書館内にムーミン谷博物館【115頁20】がオープン。

**1987** 73歳　短篇小説集『軽い手荷物の旅』刊行。

**1989** 75歳　小説『フェアプレイ』刊行。

**1990** 76歳　日本でアニメ『楽しいムーミン一家』が制作され、テレビ放映。これを機にピエティラ、ラルスとともに、2度目の来日。

**1991** 77歳　短篇小説集『クララからの手紙』刊行。ムーミン物語第1作『小さなトロールと大きな洪水』が復刻出版。

**1993** 79歳　ピエティラとパリへ最後の長期旅行。

**1994** 80歳　生誕80年を機に、タンペレ市立美術館で大規模な作品展。国際トーヴェ・ヤンソン会議がタンペレで開催。

**1995** 81歳　国からプロフェッソールの称号を受ける。

**1996** 82歳　エッセイ『島暮らしの記録』刊行。挿絵はピエティラ。

**1998** 84歳　短篇小説集『伝言』（一部未邦訳）刊行。

**1999** 85歳　制作にかかわったテレビ番組『島（ハル）』が放映される。クルーヴ島で撮影した私的な映像をまとめたもの。

**2001** 86歳。6月27日、ヘルシンキで死去。

トゥルク近郊のナーンタリに「ムーミンワールド」【115頁21】がオープン。

## ムーミン物語

『小さなトロールと大きな洪水』
冨原眞弓訳
講談社文庫 2011年

『ムーミン谷の彗星』
下村隆一訳
講談社文庫 2011年

『たのしいムーミン一家』
山室静訳
講談社文庫 2011年

『ムーミンパパの思い出』
小野寺百合子訳
講談社文庫 2011年

『ムーミン谷の夏まつり』
下村隆一訳
講談社文庫 2011年

『ムーミン谷の冬』
山室静訳
講談社文庫 2011年

『ムーミン谷の仲間たち』
山室静訳
講談社文庫 2011年

『ムーミンパパ海へいく』
小野寺百合子訳
講談社文庫 2011年

『ムーミン谷の十一月』
鈴木徹郎訳
講談社文庫 2011年

ムーミン物語は写真の講談社文庫以外にも、「ムーミン童話全集」（1〜8巻＋別巻）や青い鳥文庫版（ともに講談社）でも刊行されている。

## ムーミンの絵本

『トーベ＝ヤンソンの ムーミン絵本 それから どうなるの？』
渡部翠訳
講談社 1991年

『トーベ＝ヤンソンの ムーミン絵本 さびしがりやの クニット』
渡部翠訳
講談社 1991年

『トーベ＝ヤンソンの ムーミン絵本 ムーミン谷への ふしぎな旅』
渡部翠訳
講談社 1991年

## ムーミン・コミックス

トーベ・ヤンソン＋ラルス・ヤンソン『ムーミン・コミックス』第1〜14巻
冨原眞弓訳
筑摩書房 2000〜01年

# Bibliografi på japanska
## ムーミンとトーヴェ・ヤンソンの本

挿絵

おとな向け小説

ルイス・キャロル
『不思議の国のアリス』
トーベ・ヤンソン絵
村山由佳訳
メディアファクトリー
2006年

『トーベ・ヤンソン・コレクション』
1～8
冨原眞弓訳
筑摩書房　1995～98年

『彫刻家の娘』
冨原眞弓訳
講談社　1991年

『少女ソフィアの夏』
渡部翠訳
講談社　1993年

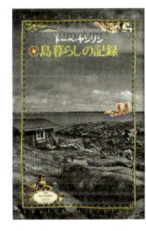

『島暮らしの記録』
冨原眞弓訳
筑摩書房　1999年

『トーベ・ヤンソン
短篇集』
冨原眞弓訳
ちくま文庫　2005年

『誠実な詐欺師』
冨原眞弓訳
ちくま文庫　2006年

『トーベ・ヤンソン
短篇集　黒と白』
冨原眞弓訳
ちくま文庫　2012年

トーベ・ヤンソン
についての本

1：『ムーミン谷への旅―トーベ・ヤンソンとムーミンの世界』 講談社　1994年　2：高橋静男＋渡部翠＋ムーミンゼミ『ムーミン童話の百科事典』 講談社　1996年　3：冨原眞弓『ムーミンを読む』講談社　2004年／ちくま文庫　2014年　4：エルサ・ヤンソン『ようこそ！ ムーミン谷へ―ムーミン博物館コレクション』 末延弘子訳　講談社　2005年 5：冨原眞弓『ムーミンのふたつの顔』 筑摩書房　2005年／ちくま文庫　2011年　6：監修・渡部翠『ムーミン童話の世界事典』 講談社　2005年　7：監修・渡部翠『ムーミン童話の仲間事典』 講談社　2005年　8：冨原眞弓『ムーミン谷のひみつ』 ちくま文庫　2008年　9：『ムーミン谷博物館20周年記念誌　ムーミン谷の不思議な自然』図録　タンペレ市立美術館　ムーミン谷博物館　2008年　10：冨原眞弓『ムーミン谷のひみつの言葉』 筑摩書房　2009年　11：文・冨原眞弓『ムーミン画集　ふたつの家族』 講談社 2009年　12：木之下晃『ヤンソンとムーミンのアトリエ』 講談社　2013年

### 冨原眞弓　とみはら・まゆみ

1954年、兵庫県生まれ。上智大学外国語学部卒業後、フランス政府給費留学生としてソルボンヌ大学で哲学博士号取得。89年にヤンソン作品に出会い、原著を読むためにスウェーデン語を習得。以後、ヤンソン作品の翻訳・研究を多数手掛ける。聖心女子大学哲学科教授。
主なヤンソン関連の著書に『ムーミンを読む』『ムーミン谷のひみつ』（ともに筑摩書房）、『トーヴェ・ヤンソンとガルムの世界』（青土社）、訳書に「トーベ・ヤンソン・コレクション」「ムーミン・コミックス」（ともに筑摩書房）など。シモーヌ・ヴェイユの翻訳・研究も多く手がける。訳書に『根をもつこと』『自由と社会的抑圧』（ともに岩波文庫）、『シモーヌ・ヴェイユ選集』（みすず書房）など。

**アートディレクション**
祖父江慎

**ブックデザイン**
福島よし恵（コズフィッシュ）

**写真**
広瀬達郎（新潮社写真部）
p.38、p.40-41、p.46-49、p.52-53、p.54、p.56-59、p.62、p.64下、p.65右上、p.66、p.68、p.69下、p.70-77、p.82-83、p.84-89、p.96-99、p.100-103、p.106-109、p.112-114、p.115下2点

**地図**
網谷貴博（アトリエ・プラン）

**協力**
Moomin Characters
Tampere Art Museum Moominvalley
タトル・モリ エイジェンシー　東映　川辺インターナショナル　Sophia Jansson　Per Olov Jansson　Inge Timgren　Elina Bonelius　Boel Westin　Cay Gustafsson　Arbis　Aurora Hospital　Hilton Helsinki kalastajatorppa hotel　Itella Corporation　Moominworld　The National Library of Finland　Keiko Morishita-Hiltunen（coordinate）　講談社　筑摩書房

本書は「芸術新潮」2009年5月号特集「ムーミンを生んだ芸術家　トーヴェ・ヤンソンのすべて」を再編集・増補したものです。

各頁のトーヴェ・ヤンソンの言葉は以下の出典より冨原眞弓氏が引用・訳出しました。
p.43：『小さなトロールと大きな洪水』「序文」　p.55（エヴァへの手紙、1944年）、p.73、p83（ともに詳細不明）、p.84（『それから、なにがあったかな？』制作ノート）：Boel Westin, *Tove Jansson ord, bild, liv*, Schildts, 2007（ボゥエル・ウェスティン『トーベ・ヤンソン 言葉・絵・生』）　p.64："Att få en idé", *Meddelande*, Schildts, 1998（『伝言』「着想を得る」）　p.66（1933年1月31日、母シグネへの手紙）　p.96（手紙の下書き、1967年1月）：Boel Westin, *Familjen i dalen*, Bonniers, 1988（ボゥエル・ウェスティン『谷の家族』）　p.105、p.106、p.110：『島暮らしの記録』　p.112："Skattudden", Adress: Helsingfors, Schildts, 1994（『ヘルシンキに住まう』「スカット岬」）

---

ムーミンを生んだ芸術家
# トーヴェ・ヤンソン

著　者：冨原眞弓
　　　　芸術新潮編集部編

発　　行：2014年 4月15日
２　　刷：2014年12月 5日
発行者：佐藤隆信
発行所：株式会社新潮社
　　　　〒162-8711 東京都新宿区矢来町71
　　　　電話　［編集部］03-3266-5611　［読者係］03-3266-5111
　　　　http://www.shinchosha.co.jp
印刷所：大日本印刷株式会社
製本所：加藤製本株式会社

© Mayumi Tomihara and Shinchosha 2014, Printed in Japan
乱丁・落丁本は、ご面倒ですが小社読者係宛お送り下さい。送料小社負担にてお取替えいたします。価格はカバーに表示してあります。
ISBN978-4-10-335651-6 C0071

Original characters and artworks created by Tove Jansson
Illustrations and quotations © Moomin Characters ™
Published by arrangement with Tuttle-Mori Agency, Inc., Tokyo

## ムーミントロール

繊細で傷つきやすい、ムーミントロール族の少年。ムーミンパパとムーミンママのひとり息子。親友のスナフキンを崇拝し、嫌われもののモッラの孤独に心を痛めながら、着実に成長してゆく。トーヴェ・ヤンソン自身の投影でもある。
小彗た思夏冬仲海

*Mumintrollet*

## ムーミンパパ

ムーミントロールの父。冒険家にあこがれる一方で、家族を大切にも思うが、家長意識が強すぎて空回りすることも。トレードマークはシルクハット。大工仕事が得意でムーミン屋敷もつくった。トーヴェ・ヤンソンの父ヴィクトルの面影を宿す。
小彗た思夏冬仲海

*Muminpappan*

## ムーミンママ

ムーミントロールやムーミンパパのよき理解者。いつも優しく、肝がすわり、包容力にあふれたその姿には、トーヴェ・ヤンソンの母、シグネのイメージが重ねられている。ハンドバッグを手離すことはない。
小彗た思夏冬仲海

*Muminmamman*

---

▶キャラクターたちの解説はそれぞれ、日本語名、プロフィール、登場作品名の略号、の順です。白抜きの文字はスウェーデン語による原語名です。

▶日本語名は、原語表記をもとに、冨原眞弓氏があらたに訳出したものです。そのため「モッラ」「トゥティッキ」「トフスラとヴィフスラ」など、現在日本語で知られている名称とは異なる表記もふくみます。ただし、英語である「スナフキン」や日本独自の名称ながらその魅力に抗しがたい「ニョロニョロ」など、一部はそのまま採用し、スウェーデン語の読みを併記しました。

▶各キャラクターが登場する作品名は、日本語版ですでに刊行されているタイトルを採用し、以下のとおり、略しました。
小……『小さなトロールと大きな洪水』
彗……『ムーミン谷の彗星』
た……『たのしいムーミン一家』
思……『ムーミンパパの思い出』
夏……『ムーミン谷の夏まつり』
冬……『ムーミン谷の冬』
仲……『ムーミン谷の仲間たち』
海……『ムーミンパパ海へいく』
11……『ムーミン谷の十一月』

---

トーヴェ・ヤンソンのムーミン物語全9作には、主役から脇役まで、さまざまな個性派キャラクターが登場し、その多くの姿を作者自身が挿絵として描いています。ここにご登場いただくのはそのすべてのキャラクター、というわけではありませんが、ほぼそれに近い数のメンバーが晴れて大集合！ さてみなさん、何人わかるかな？

# Alla figurer i mumindalen

## ムーミン物語　キャラクター大集合！

© Moomin Characters ™

## ミムラの娘

ミムラママの長女。悪気のない嘘で人をだますのが好き。妹のミイのしつけ役だが、手を焼いている。
愚夏冬仲11

## スニフ

ムーミントロールの友だち。自己顕示欲が強いが、プレッシャーに弱く、しばしばべそを吐く。子ねこやぬいぐるみを可愛がる心優しき一面も。父はロッドユール、母はソースユール。
小彗た愚仲

## スノーク

スノーク族の男の子で、スノークの女の子の兄。この絵は裁判官用のかつらをつけた姿。きちょうめんな性格で皮肉屋。計画をたてることが好きだが行動力には欠ける。
彗た

## スナフキン
（スヌスムムリク）

ムーミントロールの親友。自由と孤独を愛する旅人。緑色の古ぼけた帽子とパイプ、ハーモニカがトレードマーク。嫌いなものはなにかを禁止する立て札。父はヨクサル、母はミムラママ。ミムラの娘とミイは父親違いの姉。
彗た愚夏仲11

## モッラ

彼女が触れたものはすべて凍りつき、死んでしまう。畏怖されこそすれ、愛されることも愛することもない孤独な存在だが、灯台のある島でムーミントロールと心をかよわせることに。
た愚冬海

## スノークの女の子

ムーミントロールのガールフレンド。ムーミントロール族に似てはいるが、感情によってからだの色が変化するスノーク族。ふさふさの前髪が自慢で、左足首には金の足輪をはめた、おしゃれな女の子。
彗た夏冬仲

## ニョロニョロ
（ハッティフナット）

夏至祭の前夜、種から生まれる。白く細長い身体は電気を帯びていて、触れるとやけどする。感情をもたず、話すことも聞くこともできない。見知らぬ場所から見知らぬ場所へと集団でだだ寡黙に移動し続けるだけの彼らの生き方に、ムーミンパパは惹かれている。
小彗た愚夏仲

## ちびのミイ

ミムラママの娘。のち、ムーミン家の養女に。おそろしく小さいに利かん気。喜ぶか怒るかどちらかで、悲しむという感情をしらない、とは本人の弁。ときに哲学的な言葉も吐くトリックスター的存在。
愚夏冬仲海

### 大とかげ
おさびし山の、ガーネットだらけの谷間に棲息。おかげでスニフはガーネットを手に入れそこねる。
彗

### ヘムル
ヘムルは種族名。大きな洪水で家具を流されてしまった。自分の籐いすをムーミンママたちがボートがわりに使っているのを発見し、非難する。
小

### チューリッパ
発光するチューリップのなかに住む少女。足元まで届く髪は輝くように青い。ムーミントロールたちとの旅の途中で真っ赤な髪の少年と出会い、彼と暮らすことに。
小

### ヘムル
昆虫採集が趣味で、底なしの穴に落ちかけたムーミントロールとスナフキンとスニフを捕虫網で助けてくれる。彗星のことを、珍しい虫と勘違いしている。自分勝手でおせっかい、でも人がよいのがヘムル族の特徴。
彗

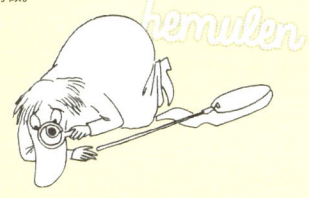

### コウノトリ
メガネをなくして不機嫌だったが、ムーミントロールがメガネを発見し、お礼にムーミンパパの捜索を手伝ってくれる。年齢は100歳ちかい。
小

### 年とった男の人
すべてがお菓子でできた魔法の庭をつくった人。ムーミンパパを探す旅に疲れたムーミントロールたちは大喜び。でもお菓子の食べすぎで具合が悪くなってしまう。
小

### コンドル
おさびし山でムーミントロールたちを襲うが失敗、プライドを傷つけられる。落としていった羽根をスナフキンは帽子の飾りにする。
彗

### 子ねこ
黒と白のまだらで、細いしっぽをぴんとはねあげている。岩山のうえでスニフが見つけ、なんとか仲よくなろうとするのだが……。
彗

### ありじごく
ライオンみたいな姿で、怒りっぽい。ムーミンママの目に砂をひっかけ、穴のなかにひきずりこもうとした。その後、ムーミントロールたちに報復されて……。
小 た

### 教授
おさびし山の天文台で働く科学者のひとり。地球に向かってくる美しい彗星に自分の名前をつけようと思っている。
彗

### じゃこうねずみ
自称・哲学者。川のあなぐらに住んでいたが、ムーミンパパが橋をつくったために壊れてしまい、ムーミン家の居候に。気むずかしく自分勝手なペシミストで、反省というものをしらない。
彗

### 真っ赤な髪の少年
野原のまんなかの塔に住む少年。嵐の海を見はり、港にたどりついた人たちに海のプディングをふるまう。チューリッパのことが好き。
小

## ヘムルのおばさん

捨て子だったムーミンパパが育った孤児院の経営者。このおばさんと気があわないパパは、家出を敢行。のちに思いがけない再会をはたすことに。
愚

## 変てこな生きものに変身したムーミントロール

かくれんぼ遊びで魔法つかいの帽子のなかにひそんでいたため、別人の姿に。おかげで仲間たちから袋叩きにされる。
た

## アンゴスツーラ

虫を食べるおそろしい植物で、緑色の眼をもつ。スノークの女の子を襲うが、ムーミントロールにやっつけられた。
彗

## フレドリクソン

大きな耳と才能をもつ発明家。若きムーミンパパと出会い、親友になる。大きな船「うっみのオケストラ号」をひとりでつくりあげた。王さまに仕え、ついには空を飛び水中に潜る船を完成させる。
愚

## 世界でいちばん小さな針ねずみに変身したありじごく

魔法つかいの帽子の力をたしかめるための実験台にされ、こんな情けない姿に。
た

## クニット

恥ずかしがりやの小さな生きもの。野外のダンス場でみんなにお話をするはめになったときも、ひとことだけしゃべると、両手で顔をおおってかくれてしまった。
彗

## ロッドユール

フレドリクソンの甥で、スニフの父。コーヒー缶に住んでいる。ボタンなど、無意味ながらくたを集めるのが大好き。片手鍋を帽子がわりにかぶっている。
愚

## ソースユール

立派なボタンのコレクションの持ち主。ロッドユールとおたがいひとめぼれ、結婚してスニフを産む。
愚

## トフスラとヴィフスラ

彼ら以外には理解不能な言葉をあやつる二人組。赤い帽子をかぶっているのがトフスラ。ヴィフスラのスーツケースにはモッラから盗んだ巨大なルビーが。それこそ魔法つかいがさがしていたもので……
た

## スクルット

スクルットとは、社会環境になじめないでいる存在のこと。彗星衝突の噂を聞き、子どもを背負い、荷物を満載した自転車でムーミン谷からの脱出をはかる。
彗

## 魔法つかいと黒ひょう

世界のはての高い高い山の頂上に住み、「王さまのルビー」を300年ものあいださがしている。魔法の帽子を落としたせいでとんだ騒動に。ムーミン谷のみんなの願いをかなえて、去ってゆく。
た

## ヘムル

切手蒐集家だったが、コレクションが完成したことで目標を失う。その後、スノークの助言で植物採集に転じた。昆虫採集家のヘムルはいとこだが、絶交中。焼いた魚が大好物。
彗 た

## ホムサ

ホムサは種族名。理づめで考えることが好きな、まじめくさった小さな男の子。ムーミン一家と、洪水で流れてきた劇場で暮らしはじめ、大きな変化が。
夏

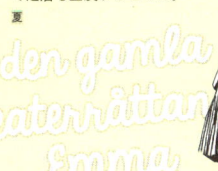

## ミムラママの子どもたち

ミムラママはじつに子だくさんで、ムーミンパパたちがまるい丘の国で出会ったときは、ミムラの娘とちびのミイを除いても男女あわせてすでに14〜15人。その後ひさしぶりに再会したときはなんと34人に！
思

## フレドリクソンのにいさん

故人。フレドリクソンの船の名前は、この兄の詩集『海のオーケストラ』からとられたが、ロッドユールが綴りをまちがえて、「うっみのオケストラ号」になってしまった。
思

## ミーサ

つねに被害妄想にとらわれている女の子。洪水の被害にあい、ホムサとともにムーミン一家に助けられる。劇場での芝居でプリマドンナを演じ、はじめて幸せを感じる。
夏

## 王さま

石垣だらけのまるい丘の国を支配する、冗談好きの気さくな王様。100歳の誕生祝いに、賞品つきのびっくり大会を開催。
思

## ヨクサル

若き日のムーミンパパの友人。ミムラママとのあいだにスナフキンをもうける。自然のままになにもしないでいることが好きで、なにかを禁止する立て札など、秩序や権威を象徴するものが大嫌い。この性質は息子にも受け継がれた。
思

## 劇場ねずみのエンマ

演出家のフィリフヨンクの妻で劇場の持ち主。ムーミン一家が劇場のなんたるかを理解していないことに腹をたてていたが、彼らに請われて芝居を上演することに。
夏

## ミムラママ

まるいものを組み合わせたようなその姿のとおり、おおらかな性格。たいへんな子だくさんで、ミムラの娘もちびのミイも、さらにはスナフキンも、みんな彼女の子ども。
思

## ドロントのエドワルド

ドロントとは架空の生きもののこと。巨大だが、悪意はない。誰かを踏みつぶせば、良心の呵責で1週間は泣き、葬式費用も出す。土曜日には海での水浴びが習慣。フレドリクソンにだまされ、激怒する。
思

## 公園管理人

公園を、あらゆることを禁止する立て札だらけにした。スナフキンにニョロニョロの種をまかれて感電し、妻とともに逃げだす。
夏

## おばけ

くしゃみをしたり鴨居に頭をぶつけたり、まぬけなおばけ。ムーミンパパといっしょに暮らし、編み物に精を出す。
思

## ニブリング
(クリップダッス)

なんでも齧らないではいられない動物で、群がって生活する。「うっみのオケストフ号」からヘムルのおばさんをさらってゆくが……。
思

### すばらしいしっぽをもったりす

自分のしっぽの美しさにうぬぼれている。大切なことをすぐ忘れるため、トゥティッキの忠告も忘れ、氷の女王と出会ってしまった。
冬

### ライオン

ほんものではなくて、ムーミンパパたちが劇場で上演する芝居に登場する。中身は2匹のビーバー。
夏

### 24人の森の子どもたち

捨てられたり迷子になってしまったため森に住んでいる。遊びを禁止する公園管理人をやっつけたスナフキンにすっかりなつく。
夏

### 氷の女王

空の色が青から緑にかわる夕方、海からやってくる。ろうそくのように真っ白で美しいが、彼女の視線をあびたものはたちまち凍りつく。トーヴェ・ヤンソンはその姿をあえて描いていない。
冬

### 小さなヘムル

看守のヘムルのいとこ。とても気が弱いが、親切で心優しい女の子。ムーミントロールたちを牢屋から解放し、スナフキンの窮地も救う。編み物が好き。
夏

### フィリフヨンカ

フィリフヨンカは種族名。おじのフィリフヨンク夫妻を毎年、夏まつりの晩餐に招待するが、いつもひとりで過ごす結果に。ところが今年はムーミントロールとスノークの女の子がやってきて……。
夏

### 流しの下に住んでいる生きもの

ブラシのように立派な眉毛をもち、ムーミン屋敷の台所に隠れ棲む。その言葉は意味不明。
冬

### トゥティッキ

冬眠中にめざめ、不安にとらわれるムーミントロールを導く、おとなびた女性。春が訪れると手回しオルガンを弾き、眠っているものを起こして歩く。トーヴェ・ヤンソンの親友トゥリッキ・ピエティラがモデル。
冬 仲

### 看守のヘムル

立て札を燃やした罪でフィリフヨンカとムーミントロールとスノークの女の子を逮捕、投獄する。
夏

### ご先祖さま

水あび小屋の戸棚のなかに住む、毛むくじゃらのトロール族。ムーミントロール族の1000年くらい前の姿らしい。勝手にムーミン屋敷の模様替えをしてしまう。
冬 11

### 8匹のうんと小さなとんがりねずみ

冬のあいだ、トゥティッキと水あび小屋で暮らす。極度の恥ずかしがりやなので、姿がみえなくなってしまった。この絵はムーミントロールにあたたかいジュースを出してくれた場面。
冬

### 演出家のフィリフヨンク

劇場の演出家。劇場ねずみのエンマの夫で、フィリフヨンカのおじさん。鉄の緞帳が頭に落ちてきて亡くなった。
夏

## ミイのおばあさん

老人だが、髪型はちびのミイと同じ。孫娘と2番目に小さいホムサに眠りを妨げられ、ちょっと不機嫌。
仲

## 2番目に小さいホムサ

あまりに想像力がゆたかで現実との区別がつかない。両親に嘘つきと叱られて、ささやかな家出を敢行。ちびのミイに翻弄される。
仲

## めそめそ
（インク）

ぼろぼろの毛糸の帽子をまぶかにかぶった、やせっぽちの犬。狼にあこがれているが、厳しい現実にさらされることに。
冬

## フィリフヨンカ

浜辺に建つ、大きいだけの家に住み、世界が終わる予感におびえるエキセントリックな女性。嵐のあとの巨大な竜巻の美しさに啓示をうけ、不安から解放される。
仲

## ホムサの弟

2番目に小さいホムサの、幼い弟。兄の奔放な空想のなかで、どろへびに食べられたり風船になって宙に浮いたりと、大変な目に。
仲

## 小さなクニットのサロメ

恥ずかしがりやの小さな生きもの。大きなヘムルのことを尊敬している数少ない存在だが、彼はそのことにまるで気がついていない。
冬

## ガフサ

世界が終わる予感におびえるフィリフヨンカの友人で、お茶に呼ばれたりする仲だが、表面上の交際にすぎない。フィリフヨンカをさいなむ不安がまるで理解できず、喧嘩別れをする。
仲

## ホムサのママ

たいへんな心配性。弟がどろへびに食べられたと2番目に小さいホムサに聞かされ、びっくり仰天。
仲

## 大きなヘムル

高らかにホルンを吹き鳴らしながらムーミン谷にやってきた。スキーをしたり真冬の川で泳いだりと元気いっぱい。そんな彼のおせっかいにみんなうんざりするのだが……。
冬

## 小さなドラゴン

ムーミントロールが偶然捕まえた、マッチ箱ほどの大きさのドラゴン。きんばえが好物で、スナフキンを慕っている。悲しいと、金色の優美な身体が灰色に変わる。
社

## ホムサのパパ

空想癖のある2番目に小さいホムサを叱ったものの、家出した息子をあわててさがしまわる。この絵はふたりでいっしょに帰る場面。
仲

## クリープのティティウー

クリープとは、クニットよりも動物にちかい小さな生きもの。スナフキンにあこがれていて、「ティティウー」と名前をつけてもらう。
仲

### フィリフヨンカ
広すぎる一軒家でひとり暮らしをしていたが、人恋しさがつのり、思い立ってムーミン一家を訪ねる。しかし彼らは留守で……。
11

### セドリック
ぬいぐるみ。とはいえ、どんなほんものの犬にも負けない表情をしている。とても大切にしていたのにガフサの娘にあげてしまったことを、スニフははげしく後悔する。
神

### 静かなのがすきなヘムル
遊園地で入場券にはさみを入れる仕事をしながら、静かな場所での孤独な年金生活を夢みていた。うちすてられた公園を「沈黙の園」として再生させる。
神

### ヘムル
自分のことが嫌いなヘムル。かつて訪れたムーミン屋敷での楽しかった記憶を思い出し、再訪するも、ムーミン一家は不在。次々とやってきたホムサのトフト、フィリフヨンカ、スクルットおじさん、ミムラの娘、スナフキンたちとの共同生活で、あたらしい自分を発見する。
11

### 漁師・灯台守
とても愛想のわるい漁師。なぜか灯台を嫌っている。彼のためにムーミン一家がささやかな誕生パーティを催したことで、この漁師が島の灯台守だったことが判明する。
海

### ホムサ
大雨のせいで遊園地を失った子どもたちの窮地を、静かなのがすきなヘムルに訴える。
神

### スクルットおじさん
なんでも忘れてしまう、推定100歳の老人。自分の名前も忘れ、「スクルットおじさん」と名乗ることに。若き日のムーミン谷の記憶に導かれ、初対面の連中とムーミン屋敷での共同生活に参加する。
11

### うみうまたち
長いたてがみをもつ、自己愛のかたまりのような2頭の美しい生きもの。灯台のある島で出会った彼らに魅了されたムーミントロールに、侮蔑的なことばをあびせる。
海

### ヘムルのおじさん
静かなのがすきなヘムルのおじ。甥の暮らしぶりをたしかめるため、公園をおとずれた。
神

### ホムサのトフト
ムーミン一家のお話を創作するひとり遊びに興じるうち、彼らに会いたくなるが、訪ねてみれば不在。ほかの訪問者たちと主役不在のムーミン屋敷で共同生活をおくったのち、島から帰ってくるムーミン一家をひとり、待つ。
11

### ニンニ
トゥーティッキがつれてきた、首に銀の鈴をつけた女の子。皮肉屋のおばさんにいじめられ、姿がみえなくなってしまうが、ムーミン屋敷で暮らすうちに変化が。
神